やり直し公女の魔導革命

処刑された悪役令嬢は
滅びる家門を立てなおす

01

二八乃端月
illustration YOHAKU

第1章　やり直しの伯爵令嬢　003
第2章　エインズワースの継承者　030
第3章　魔法と魔力と魔導具と　056
第4章　王都工房の職人たち　072
第5章　二人の兄と、お披露目会　112
第6章　王城での試演、そして異変　138
第7章　『みんなを守って』　168
第8章　変化する未来　196
第9章　裁判　234
第10章　凶刃　296
第11章　エインズワースの復活　340
あとがき　372

CONTENTS

✶✶第1章　やり直しの伯爵令嬢✶✶

1

「これよりオウルアイズ伯爵家長女、レティシア・エインズワースの処刑を執り行う！」

断頭台の脇に立つ役人が刑の執行を宣言すると、広場は観衆の歓声と怒号で満たされた。

私の姿を見ようと身を乗り出す人々。

それを制止する兵士たち。

彼らにとっては見世物にすぎないのだろう。

嫉妬《しっと》に狂い王太子を暗殺しようとした、愚かな婚約者の末路。

それが真実かどうかなど疑うこともない。

こんなにたくさんの人がいるというのに、私の味方は一人もいない。


役人の口上は続く。

「彼《か》の者は婚約者であった王太子殿下への贈り物に爆裂の魔導を仕込み、暗殺を企てた」

——違う。

確かに私は殿下の誕生日に『香り箱』を作って贈った。

けれどその箱は、蓋を開くと部屋に香りが広がるよう、微《かす》かに風を起こす細工を施しただけのもの。

――絶対に爆発するようなものではなかったのに。

私の贈り物は殿下に届くことはなく、危険物検査を行った近衛騎士団の検査場で爆発した。

「残された爆発物からは、エインズワース家のみが製作できる魔導回路の残がいが見つかった。罪人が父親のオウルアイズ伯爵ブラッド・エインズワースと共謀し、爆裂の魔導具を製作して犯行に使用したのは明白である！」

役人の言葉が、私だけでなく父の名誉をも傷つける。

誇り高く威厳に満ちていた父。

その父は拷問にかけられ、即決裁判の末、共謀者として昨日ここで処刑された。

我が家門の長年にわたる王家への忠誠も、先の戦争での犠牲を厭わぬ献身も、判決では一切顧みられることはなかった。

「娘は無実だ！　どうか、どうか命だけは――っ!!」

最期の瞬間まで私の無実を訴え、助命を嘆願しながら亡くなった父。

その最期の姿が、瞼に浮かぶ。

「お父さま……」

目から熱いものが溢れ、こぼれ落ちる。

薄汚れたドレスの裾に。

魔封じを施された木製の手枷に。

近く、領地の兄も連座させられると聞いた。

幼い頃から仕えてくれていた侍女も、使用人たちも、すでに皆縛り首になった。

大切な家族も、名誉も、心の拠り所すらも失った薄汚れた元伯爵令嬢。

それが今の私だった。


「――以上である。罪人を断頭台へ」

兵士に促され、断頭台へと続く階段を上る。

一段、一段と、粗末な木の階段が軋む。まるで、この断頭台の露と消えた者たちの悲鳴のように。

階段の先は曇天。

薄暗い雲の下には、斜めに切られた斬首の刃がロープで巻き上げられ固定されていた。

処刑人が斧でロープを切ったときが、私の最期。

階段を上りきると、あらためて私を見つめる多くの人々の姿が目に入ってきた。

その中に、特別に設《しつら》えられた貴族用の観覧席の一番高いところに、あの人が座っていた。

「殿下……」

汚いものを見るような目でこちらを眺める元婚約者。

豪奢な金髪が、雲の切れ目から覗いた陽の光を受けて輝いている。

彼にとって私は、一体なんだったのだろう？

一二歳の誕生日を迎えて間もないある日、領地の屋敷に王家から使いがきた。

用件は、伯爵である父の王宮への呼び出し。

それが当時第二王子だった彼と私の婚約の相談のためだったというのは、後から聞いた話だ。

すぐに私も王宮に召喚され、王族への面通し、婚約と、トントン拍子で話が進んだ。

どうやら誕生日に行った魔力検査の結果が報告され、国内トップクラスの魔力持ちであることが知れたらしい。

魔法の素質は遺伝する。

その婚約は、私の魔力量と家柄によって王が望んだものだった。私が望んだものでも、家族が望んだものでもなかったのだ。

ともあれ、私はできる限りの努力をした。

良き王族になろう、良き妻になろうと学び努め、周囲の期待に応えてきたつもりだった。

だけど彼は、殿下の愛情は、最初から最後まで私に向かうことはなかった。

第一王子が戦死し、彼が王太子になる前後の三年間の学生生活。

お茶に呼ばれたことすら一度もない。

今、彼の隣に侍《はべ》り、こちらに怯えるような視線を向けている『彼女』とは比べるべくもなかった。

確かに私は、平民として育ちマナーを知らない彼女にあまり良い印象を持っていなかった。

それでも同じ学校の生徒として礼儀をもって接したし、ましてや殿下が『私《レティシア》が主導した』と言う貴族令嬢たちによるイジメなど、全く心当たりがなかった。

――なぜ彼は私を疎んじるのだろう？

無実の罪を着せられ一族郎党まで処刑されなければならないようなことを、私がしたのだろうか？

分からない。

分からない。

分からない。

でも、もうどうでもいい。

私にはもう何もないのだから。

「レディ、旅の同伴者はこちらの二体でよろしかったですか？」

断頭台の前で立ちつくす私に、恐ろしげな仮面を被った処刑人が思いのほか優しい声で声をかけてきた。

彼の手には色違いの二体のテディベア。

この子たちは小さい頃、亡くなった母が私にプレゼントしてくれたものだ。

私は最後の願いとして彼らと共に逝くことを裁判所に願い出て、許可をもらっていた。

「はい。その子たちです」

私が告げると、処刑人は断頭台の下に彼らを寝かせる。

「それでは、跪《ひざまず》いてそのくぼみに首をお乗せください」

私は頷き、断頭台に向かい跪いた。

人々の歓声が響く。

これで最期だというのに、クマたちの顔を見ると不思議と心が落ち着いてくる。

(ココ、メル、ごめんね。こんなことになって……)

自然と涙が溢れた。

「何か言い残すことはありますか?」

「……兄に、愛している、と」

「お伝えしましょう。他にはありますか?」

「ありません。お手間をかけて申し訳ありません」

私はあごを引き、目を閉じた。

「……お願いします」

「それでは、いきます」

斧を取り、振りかぶる音。

「レティィイイっ!!」

遠くで誰かが叫ぶ声。

そして——、
ダンッ
ガラガラガラガラ——ザンッッ!

2

「っっ‼」

飛び起きた私は、混乱した。

目の前の光景が、先ほどまでとあまりに異なるものだったから。

「お客さん、大丈夫ですか？」

驚いて声をかけてくる運転手。

ここはタクシーの中。

私は後部座席に座っていた。

「え、ええ……。ちょっと寝てしまって。驚かせてすみません」

そう言いながら動悸が止まらない。

ドレスのスカートの上に置いた両のこぶしが、ガクガクと震える。

――あの夢だ。

久しぶりに見る、あの夢。

ずっと見なくなっていたから、てっきり自分の中で消化できたものだと思っていた。

だけど、どうやらそうじゃなかったらしい。

「はあ……」

深く息を吐き、窓の外を見る。

暗い空。降りしきる雨。

せっかくの晴れ舞台だというのに。ドレスを選んだのは失敗だっただろうか？

――初めてその夢を見たのは、幼稚園でお姫さまごっこをしていたときだった。

突然の白昼夢。

目の前で再生された『自らの処刑の記憶』。

あまりのショックに幼い私は卒倒し、救急車で病院に運ばれた。

以来、お姫さまやそれを思わせるものに接すると、その夢を見るようになってしまった。

お姫さまごっこはだめ。お人形遊びもだめ。フリフリのスカートもだめ。

記憶は繰り返し再生され、その度に私は悲鳴をあげて倒れた。

『これが一生続いたらどうしよう』ととても不安だったけれど、幸いなことにある時期を境に夢見の頻度は減っていった。

きっかけは、ショッピングモールの雑貨屋で見つけた双子のテディベアだったと思う。

夢の中に出てきた『ココとメル』にそっくりの二体のテディベア。その子たちをうちにお迎えしてから、見る夢の内容が変わり、夢見の回数も減っていった。

じゃあそれで私の生活や、人生への影響はすっかり無くなったのか？

結論から言うとそんなことはなかった。

夢の中の『私《レティシア》』は、代々魔導具づくりを得意とする貴族家の娘だった。

図面を引き、工具を持ち、魔導金属《ミストリール》を扱えるのが一族の素養。

実は自身も魔導具に並々ならぬ想いがあり、将来は魔導具師になることを望んでいたのだ。

そんな少女のささやかな夢を壊したのが、第二王子との婚約。

王家に嫁げば、時間的にも立場的にも魔導具など作ってはいられなくなる。

婚約の話を聞いた彼女は、しばらくふさぎこんでしまうほどの衝撃を受けた。

その後なんとか立ちなおり、厳しい花嫁修業の傍《かたわ》ら一族に伝わる技術も積極的に学ぶようになったレティシア。

だが数年後、彼女はその知識と技術を活かす機会を与えられぬまま、無実の罪を着せられ処刑されてしまう。

事件翌日の逮捕。

即決裁判。

侍女と使用人たち、父親の刑執行。

そして、レティシアの処刑。

ろくに弁明の機会も与えられぬまま、逮捕から四日目に彼女はその短い命を散らしたのだった。

悔しかった。

やるせなかった。

なぜ、あんな結末になったのだろう？

周りの事情に翻弄され、自らの望む道を閉ざされ殺された少女の無念。

それは同情なのか、感情移入だったのか。

整理はできていないけれど、事実はひとつ。

『私』はレティシアの想いを引き継いだ。

理工系の大学院に進んだ私は、卒業後、とある産業機械メーカーに就職しエンジニアになった。

つまり夢の中の私《レティシア》と同じように、今の私……宮原美月《みやはらみつき》もまた、ものづくりの道を選んだのだ。

3

「お客さんは、結婚式に出席されるんですか？」

運転手の問いかけに、私は意識を引き戻した。

結婚式。……ああ、私のドレスを見てそう思ったのかと、遅ればせながら気づく。

「仕事の関係で、ちょっとした式典に出席することになりまして」

「おや、ドレス姿で皇国ホテルに向かわれるなんて、てっきり結婚式かと思いましたよ」

私は苦笑して首を振った。

これから出席するのは、経済産業省主催の表彰式だ。

私たちのチームはあるロボットの共同開発で『ＡＩによる自己学習型統合制御機構』を実用化した。

それが画期的な技術だということで、国から表彰されることになったのだ。

苦節五年。まさに技術者として晴れの舞台。

今回くらいはドレスをと思ったのだけど、失敗だっただろうか？

そんなことを思いながら前を見たとき、目の前でとんでもないことが起こった。

朝からの雨と風。昼にもかかわらず薄暗い空。

私が乗ったタクシーは、ちょうど大きな交差点に差し掛かろうとしていた。

信号は青。道が直線ということもあって、そこそこスピードが乗っている。

視界の左から、白いビニール袋が舞ってくるのが見えた。

その袋は風に巻き上げられて不規則に宙を舞い――よりによって、前を走っていたバイクのヘルメットに巻きついたのだ。

「!!」

ライダーが振り払おうとして首を振る。

が、袋は生き物のように彼の頭に巻きついて視界を奪い、バランスを崩す。

　ガシャッ、ガガガガガッ
転倒し、横滑りするバイクとライダー。

「くっ!!」

運転手がハンドルを切る。

キイイッ、と軋みながら右に旋回するタクシー。

間一髪、バイクとの衝突をすんでのところで回避する。

が、車はそのまま交差点に進入し、対向車線へ。

「えっ!?」

前方から迫るトラックのヘッドライト。

パァン、と弾けるクラクション。

そして、

「!!」

凄まじい衝撃が私を襲った。

4

「っっっっ!!」

布団をはね除《の》け、飛び起きる。

「はぁっ――はぁっ――」

薄暗い静寂の中、自分の荒い呼吸が響く。

なんて夢。

よりによって、晴れの舞台に向かう途中で死んでしまう夢を見るなんて。

やっぱりドレスはやめよう。

表彰式の写真を見る両親からはため息を吐《つ》かれるだろうが、無難にスーツで出席しよう。

そう思って顔を上げた。

「……え？」

薄暗い室内。

目に飛び込んできたのは、見慣れた１ＤＫの自室ではなかった。

いや、そもそも部屋の大きさからして違う。

天蓋付きのベッド。

窓際に置かれたテーブルセット。

壁に設置された暖炉。

その上にかかる大きな油絵。

まるでどこかの王侯《おうこう》貴族の宮殿のような部屋が、そこに広がっていた。

見覚えのある家具と装飾。

かつて自分が毎日見ていた景色。

「うそ……」

布団を握る手が震える。

まさか。そんなはずない。

二つの夢が、記憶が、混濁する。

――なんで私は『ここ』にいるの⁉

それは、ありえない現実。

パニックになりかけたそのときだった。

「お嬢…さま?」

傍らから聞こえた年若い女性の声。

はっとして声の方を見ると、ベッド脇の椅子に誰かが腰掛けていた。

目をこすりながら顔をあげる誰か。

メイド姿の彼女は、寝ぼけているのかぼんやりと私の方を見て、やがて視線が重なった。

赤みを帯びた茶色の髪。

緑色の優しげな瞳。

夢の中で見た、懐かしい顔がそこにあった。

「あ……アン…ナ?」

見せしめのように『私』の目の前で絞首刑になったアンナ。私を不安にさせまいと、刑執行の最期まで微笑みを絶やさなかったアンナ。

幼い頃から処刑の日まで私に仕えてくれた、ときに姉代わりでもあった私の侍女が、そこにいた。

「お嬢さま……っ」

目に涙をためた彼女は、立ち上がるとベッドに倒れ込み、そのまま私をぎゅっと抱きしめた。

「お嬢さまっ！　お嬢さまぁああ!!」

私を抱きしめたまま泣きじゃくるアンナ。

二度と会えないと思っていた私の大切な家族。

彼女の声に。そのぬくもりに。私の目からも熱いものが溢れた。

「アンナぁ……」

強く、強く、彼女を抱きしめる。

私たちは互いに抱き合いながら、しばらくおいおいと泣いたのだった。


どれだけそうしていただろうか。

少しだけ落ち着いてきたらしいアンナは、私から体を離し、涙を拭いた。

「よかった。本当によかったです。お嬢さまが目を覚まされて」

「……え？」

目を覚ましてよかった？

目元を拭いながら聞き返すと、彼女は微笑みながら頷いた。

「はい。お嬢さまはもう五日間も眠り続けてらっしゃったんですよ」

「い、五日間!?」

「王城で、王様との謁見のときに倒れられたと聞きました。旦那様がぐったりされたお嬢さまを抱えて帰って来られて、それからずっと眠り続けておられたんです。……覚えてらっしゃいますか？」

——その瞬間、激しい目眩《めまい》がわたしを襲った。

5

一二歳の誕生日を迎え、ひと月が過ぎようというその日。

私はオウルアイズ領の屋敷から王都に呼びだされ、父に連れられて王城に来ていた。

通された謁見の間。

正面の壇上には精緻な細工が施された玉座《ぎょくざ》が置かれ、この国、ハイエルランド王国の統治者である壮年の男性が座っていた。

初めての王城。初めての王との面会。

失礼のないように。宮廷作法を間違わないように。

そんなことで頭がいっぱいだった気がする。

幸か不幸か、この面会が意味するところを私はまだ父から知らされていなかった。

儀礼的な挨拶が終わると、王は「アルヴィンを呼べ」と侍従に申しつけた。

アルヴィン……アルヴィン・サナーク・ハイエルランド。

それが第二王子の名だということは、幼い私にもすぐに分かった。

なぜ王子が呼ばれたのか、その理由までは考えが至らなかったけれど。

王子がやって来るまでの間、王からは様々なことを尋ねられた。

家族との仲はどうか。普段どんな勉強をしているのか。そして興味があることは何か。

私は正直にそれらの問いに答えていった。もちろん魔導具づくりへの思いも。

そうこうしているうちに第二王子が姿を現す。

王族専用の扉から入室してきたその少年が王に挨拶すると、王は私たちに彼を紹介した。

父と二人、王子と向き合う。

豪奢な金髪。整った顔立ち。そして不機嫌そうな青い瞳。

巷《ちまた》の噂に違《たが》わぬその容姿に私は目を奪われた。

王子に挨拶する父と私。

彼はそんな私たちを一瞥すると、吐き出すようにこう呟いた。

「斜陽の伯爵家が、権勢を求めて王家と繋がりを持とうとするとは……僕もずいぶんと舐められたものだな」

侮蔑《ぶべつ》と苛立《いらだ》ちの入り混じった視線。

ゴミを見るような二つの青い瞳。

次の瞬間、私は声にならない悲鳴をあげた。


突然頭の中を埋め尽くす、膨大な記憶。

私を睨《にら》む二つの青い瞳。

曇天の下、吊り上げられた刃。

二体のテディベア。

雨の中の葬儀。

バランスを崩すオートバイ。

迫る二つの光。

流れるプログラムコード。

3D－CADの画面。

高校の卒業写真。

優しい両親とオタクの兄。

いくつもの光景が頭の中で渦を巻く。まるで早回しの映画のように。

そうして私は記憶を取り戻し、気を失ったのだった。

6

「ひゅっっ」

私は必死で息を吸い込み、吐き出す。

「はっ、はっ、はぁっ」

「お嬢さまっ！　大丈夫ですか!?」

アンナの悲痛な声。

乱れる呼吸。

私はアンナにしがみつき、その腕に顔を埋めた。

心は乱れ、体は言うことを聞かなかった。

落ち着くまでどれほどの時間そうしていたのか。

気がつくと私は、アンナに膝枕されながら頭を撫でられていた。

「アン……ナ……」

「っ！　大丈夫ですか、お嬢さま？」

心配そうに私を覗き込むアンナ。

近くで見るその顔は、私が最後に見た彼女より幼く見える。

処刑されたとき、アンナは二〇代半ばだった。

だけど目の前の彼女には、まだ少女の面影が残っている。

せいぜい二〇歳か、下手すると一〇代後半。

私は目を閉じ、深呼吸を繰り返す。

わかってる。

たぶん、そういうことだ。

そうしてなんとか気持ちを落ち着けると、アンナに支えてもらいながら体を起こした。

「ねえ、アンナ。手鏡を持ってきてくれる？」

「え……あ、はいっ」

ドレッサーから手鏡を持ってきて、手渡すアンナ。

私はその鏡を覗きこんだ。

「……っ」

思った通りだった。

鏡に映ったのは、長く美しい銀髪と青色の瞳を持つ怜悧《れいり》な顔だちの一二歳の少女。

彼女はのちに無実の罪で断頭台の露と消える伯爵令嬢、レティシア・エインズワース。

つまり、幼い頃の『私』だった。

いつの間にか、朝の日差しがカーテンの隙間から差し込んでいた。

「それでは、旦那様にお知らせしてきますね」

カーテンを引きあけたアンナは、私の目覚めを父に知らせるため、部屋を出る。

「ふぅ……」

ベッドに腰掛けた私は息を吐き出し、枕元に寝かされていた色違いの二体のテディベアを手にとり、膝の上に乗せた。

彼らは『ココア』と『キャラメル』。略して『ココとメル』だ。

ココはこげ茶色の男の子。

メルは小麦色の女の子。

五歳の誕生日にお母さまがプレゼントしてくれたこの子たちは、その後間もなく母を亡くした私にとって、寂しさを紛らわせてくれる大切な友達だった。

同時に、前の人生では私の最期まで付き合わせてしまった家族でもある。

「ココ、メル、ごめんね。もう二度とあんな思いはさせないから」

二人をぎゅっと抱きしめる。

気がつくと涙が頬を伝っていた。

7

間もなく。

外の廊下からコツコツコツと規則正しく、でもどこか焦るような足音が聞こえてきた。

その足音はどんどん近づいてきて、やがてこの部屋の前で立ち止まる。

そして、ガチャリと扉が開いた。

「レティシア」

扉から現れたのはこの屋敷の主、オウルアイズ伯爵ブラッド・エインズワース。

私の父親だ。

こげ茶色の髪色を持つその人は、漂う威厳や鋭い目つきとは裏腹に、私の顔を見ると目に見えて挙動不審になった。

中途半端に広げる両手。駆け寄ろうかどうしようか、うろうろと迷うように揺れる体。

その姿に、処刑される直前のこの人の姿が、拷問でボロボロになりながら私の助命を求めた姿が重なった。

前の人生で、私は父が苦手だった。

私だけじゃない。二人の兄も、父とは気軽に話していなかったように思う。

「父上、よろしいですか?」と敬語で話しかける息子たちと、「そうか」「駄目だ」と無愛想な受け答えをする父。

あれはなんというか、職場の部下と上司だ。

業務連絡と報告、そして指示。

雑談など一切なし。皆で食卓を囲んでいるときですらその調子だったから、まるで軍隊で野営をしているようだった。

今思えば、王都の学園に上がった私がコミュ力不足で『氷結の薔薇姫《フローズン・ローズ》』とか『酷薄令嬢』と呼ばれてしまったのも、そういう家庭環境が影響していたのかもしれない。

だけど私は、最期のときになってやっと気づいたのだ。

父は間違いなく私たち兄妹を深く愛していた。

見た目が怖く口数の少ないこの人は、ただただとんでもなく不器用だっただけなのだと。

だから今回、私は自分から動くことにする。

膝の上のココとメルをベッドに移し、筋肉の落ちた両脚でゆっくりと立ち上がる。

そして、

「パパっ!!」

よろよろと父のところまで歩いて行き、その体に抱きついた。

——結果。

生まれて初めて私に抱きつかれた父はとても驚いていたけれど……両腕でぎゅっと抱きしめてくれたのだった。


「大丈夫か？　レティ」

私を抱きしめたまま、尋ねる父。

「うん。寝すぎたせいで力が入らないだけ」

「そうか」

耳元で小さな安堵の吐息が聞こえた。

この不器用な人がどれだけ私のことを心配してくれていたのかを、あらためて実感する。

そのとき、私と父の間で、くう、という音が響いた。

体を離し、私の顔と……お腹のあたりを見る父。

かぁ、と顔が熱くなる。

いや、だって五日も飲まず食わずだし。お腹のひとつくらい鳴るでしょう!?

「あ、ええと……」

恥ずかしさのあまり顔を背ける私。

そんな私を父はひょい、と抱き上げた。

「えっ、え……？？？」

私をお姫様抱っこしたまま、スタスタと歩く父。

さすが元軍人。全く危なげない。

父は私をベッドに寝かせると、その無骨《ぶこつ》な手で布団をかけてくれた。

「何か食べる物を持って来させるから、それまで休んでいなさい」

「うん。ありがとう、パパ」

「ああ」

父は頷き、私の頬を撫でる。

私は父のその手を捕まえ、両手で包んだ。

「ねえ、パパ?」

「なんだ?」

「……私、アルヴィン王子とは結婚したくない」

その瞬間、父は驚いたように目を見開いた。

しばしの沈黙。

父は目を細め何かを考えているようだったけれど、やがて口を開いた。

「その話は、まだ決まったことではないよ」

「でも、そうなるのでしょう?」

父の目をまっすぐ見ながら尋ねる。

問われた父はわずかに逡巡《しゅんじゅん》し、私の目を見た。

「このままだと確かにそうなる可能性は高い。アルヴィン殿下とお前の婚約は、王陛下直々《じきじき》の提案なんだ」

「お断りできないの?」

「不可能ではない。だが……」

(『難しい』のね)

父の途切れた言葉を補足する。

それはそうだろう。相手は最高権力者だ。

それにうちの家の立場も考えなければならない。

エインズワースは強力な魔導武具の開発と製作をもってハイエルランド建国戦争に貢献し、伯爵に叙せられた建国の功労家だ。

だけど、先々代の頃から新規魔導具の開発が徐々に停滞し、王国軍向けの魔導武具の生産は王立工《こう》廠《しょう》に、民生品の魔導具は顧客を競合の工房に奪われ、今や弱小の武官伯爵家という位置にまで落ちてしまっていた。

政治的な力もそれに伴って弱くなっている。

王の意向を、相応の理由もなく拒否できる立場ではなかった。

父は考え込む私の頭を撫でた。

「レティ、お前の気持ちは分かった。良い方法を考えてみるから、今はゆっくり休みなさい」

「分かった。ワガママ言ってごめんね、パパ」

「構わないさ」

父はもう一度私の頭を撫でると、部屋を後にしたのだった。

✶⋆第2章　エインズワースの継承者⋆✶

1

父とのやりとりからしばらくして。

私はベッドで半分だけ体を起こし、アンナにスープを食べさせられていた。

「はい、お嬢さま。あーん」

「じ、自分で食べられるから」

「ダメです。まだ熱いですし、体力も落ちてるんですから。今はおとなしく私に食べさせられてください」

にこっ、と笑みを浮かべ、スプーンを私の口元に運ぶアンナ。

有無を言わせないその迫力に、私はなすすべなく口を開けてしまう。

ぱくっ
(あ、おいしい)

空《から》っぽだった胃に、温かいスープが沁み渡る。

アンナはスプーンの背で軽くスープの表面をなでると、再びそれを掬って私の口に運んだ。

「はい、あーん」

ぱくっ

まあ確かにずっと寝ていたせいで、腕の筋肉も、胃も弱っているのだけれど。

合わせて五〇年分の記憶を持つ私は、気恥ずかしさで布団にもぐりたくなった。

「それじゃあ、ちゃんと休んでいてくださいね」

アンナは半分だけカーテンを引いた後、空になったスープ皿が乗ったワゴンを押して退室する。

「はあ……」

やっと一人になった私は、小さくため息をついた。

(とにかく今の状況を整理しないと。このままアルヴィン王子と婚約したら、私もみんなもまた処刑されてしまうわ)

そう。このまま前と同じ道をたどれば、待ち受けるのは最悪の未来。

私の無実を訴えながら断頭台にかけられた父。

微笑みとともに絞首刑に処せられたアンナ。

二度と。もう二度とあんな未来は見たくない。

そのためなら、私は鬼にも悪魔にもなろう。

それに今なら、四年後の防衛戦争で戦死してしまうはずの上の兄の運命も変えられるかもしれない。

「…………」

私は枕元に寝かせていた二体のテディベアを手に取った。

彼らは私の友達であり、家族。

そして人には言えないけど、私の一番の相談相手でもある。

私は二人に話しかけた。

「ココ、メル。あなた達の力を貸して」


自分の両手を通じて、二人に少しずつ魔力を通してゆく。

久しぶりの感覚。果たしてうまくいくだろうか？

だが、そんな不安はすぐに払拭された。

最初に動いたのは、左にいるココ。

彼の右手が、ズビシ！　とあがる。

続いて右のメルが、ゆっくり左手をあげた。

（よかった。二人ともちゃんと『生きてる』）

二人に手足を動かす魔導器を埋め込んだのは、今の時間軸で一年ほど前のことだ。

魔導器はもちろん私のオリジナル設計。骨格型の魔導器を埋め込み、魔力を通すことで頭と手足を動かせるようにしてある。

そして、こんなことも。

「えいっ」

すっ、と浮き上がるココとメル。

（やったっ！）

ふわふわと宙に浮かんだ二人を、くるくる回して手足を動かしてみる。

パタパタ　パタパタ
なんか、すごく可愛い。

「こほん！　それじゃあ会議を始めましょうか」

2

☆ここからしばらく、レティシアの脳内補完を交えてお送りします☆
「それではこれより『巻き戻り記念・第一回くまさん会議』を始めます」

わーーーーー！

パチパチパチパチ!!

議長の私が宣言すると、どこからか歓声と拍手が鳴り響いた。テレビショッピングでよく見る、あれである。

「困ったときは、やっぱり『くまさん会議』ね」

私が、うん、うん、と頷いていると、ふよふよ浮いているこげ茶色のテディベア……ココが微妙な顔でこちらを見た。

「なあ、嬢ちゃん。そろそろ俺たちから卒業した方がいいんじゃねーか？」

「え、なんで？」

「だってさあ。この会議、もう何回目よ？」

「やだココ、さっき言ったじゃない。『第一回』だって」

「いや、そうじゃなくて。やり直し前から数えたらもう何十回目だろ。嬢ちゃんもいい歳なんだから、いい加減……」

「一二歳よ」

「…………」

二体のテディベアの怪訝《けげん》な視線が、私に突き刺さる。

「ほら、どこからどう見ても一二歳じゃない。むしろそれ以外の何に見えるって言うの？」

「いや、今の見た目じゃなくてだな。前からの年齢を合計すると……」

「シャーッ（ラップ）!!」

威嚇する私。

仰け反るココ。

そんな二人の間に入ってきたのは、これまで黙って見ていた小麦色のテディベア……メルだった。

「はいはい、二人とも落ち着きなさい」

片手で頭を抱え、もう片方の手をぴょこん、とあげるメル。

「ココ。誰にだって相談相手は必要よ。今のレティには本当のことを打ち明けられる相手がいないんだから、せめて私たちが聞いてあげないと」

「まあ、そりゃあそうなんだが……」

腕を組み、悩ましそうに視線を落とすココ。

それを見て、うん、うん、と頷く私。

そう。この会議は私にはまだまだ必要なものだ。自分を客観視できるし、なぜか一人では思いつかなかったような意見を彼らから聞くこともできる。

だから当分の間はやめられない。

決して「一人じゃ寂しいから」じゃないからね？

そんな私を、困ったように見つめるメル。

「とはいえ、ちゃんと卒業してくれると私たちも安心できるんだけどね」

「う……分かってるわよ。このままは良くないって。相談できる人が必要だって。でも、今は頼らせて。お願い！」

私が手を合わせると、メルは小さくため息を吐いた。

「まあいいわ。今は非常事態だし会議を始めましょう」

「メル、ありがとう！　ココも。二人とも愛してる!!」

そんな私を見た二人は、

「「はぁ……」」

やれやれ、というように首を振った。

「はい。というわけで、今日の議題は『アルヴィン王子との婚約を断る方法』です」

私が議題を発表すると、ココがすかさずビシッと手を挙げた。

「はい、ココ君どうぞ」

私が指名すると、ココは自信ありげに胸を張る。

そして一言。

「王子にこう言えばいいのさ。――『ごめん。生理的にムリ』」

　ビシッ！

「ぐふっ!!」

メルの裏拳が、ココの腹部にヒットする。

「ちょ、何すんだよ!!」

「あなたバカ？　バカなの？？？」

「だって、しつこい男を振るならこれくらい言わなきゃダメだろ!?」

いや、前提が間違ってるよね、それ？

私も心の中でツッコミを入れる。

目の前では、メルがココに説教をしていた。

「あのねえ。婚約を断るだけなら簡単なのよ。問題は『王の不興を買わないように断らなきゃいけない』ってことなの。お分かり？」

「じゃあ最初からそう言えばいいだろ」

「言うまでもない話でしょ」

ふう、と一息つく二人。

しばしあって、ココが口を開いた。

「なあレティ。王様ってさ、やっぱり自分が提案したことを断られたら怒るのかね？」

「怒るまではいかなくても、ムッとするとは思う。王族との婚姻は貴族家にとって名誉なことだし、縁戚関係を結ぶことで家門の権勢拡大にもつながるから。それを断るなんて、王家を馬鹿にしているのか、ってね」

「なるほど。それじゃあ簡単には断れないな」

そう。だから私も父も困ってる。

「断るなら、かなり重い理由が必要よね」

メルの言葉に考え込む。

断る理由、か。

「実はすでに婚約者がいる、とか？」

「たぶん『相手は誰だ』って訊かれるわね」

メルが首を振る。

「宗教上の理由ってのはどうだ？」

「国教であるダリス教を理由にするのは無理があるんじゃないかしら？」

ココの案に今度は私が答えた。

だがココは、諦めず次の案を出す。

「じゃあ、健康上の理由ってのは？」

「確かに一度王様の前で倒れてはいるけど、ちょっと調べたら基本、健康なことは分かるわよ」

即答するメル。

「「「はぁ……」」」

三人そろってため息を吐いた。


「うーん。そもそも事前に身辺調査が入ってるだろうし、後づけの理由はすぐにバレる気がする」

私の言葉にクマたちも首肯する。

どうしよう。手詰まりになってしまった。

考え込む三人。

しばしの沈黙のあと、ココがぽつりと呟いた。

「ここはひとつ、発想を逆転させて考えるか」

「逆転？」

聞き返した私に、ココは手をあごに持っていき、もっともらしく頷く。

「昔のゲームであっただろ？　行き詰まったら発想を逆転させろ、って」

（ああ、〇〇〇〇ね）

ちなみに記憶の中の宮原美月は、シリーズ全作を三周以上クリアするくらいにはあの作品のファンだった。

「それで、逆転させるとどうなるのよ」

冷ややかな顔で尋ねるメル。

「ふっふっふっ。『婚約を断る方法』が見つからない――ならばっ」

ココは腕を振りかぶり、たっぷりの溜めのあと、ドーン！　と私を指差した。

「いっそ、婚約を断らなければいいじゃないか!!」

ドヤ顔のココ。

下を向き、体を折り曲げて右手を溜めるメル。

「そんなわけ、あるかーー!!」

ズビシッ!!

「ぐふぉっ!?」

二度目の裏拳が炸裂した。


「なあ。俺の扱いひどくない？」

「あなたの扱いじゃなくて、あなたがヒドいのよ」

空中にふよふよ浮きながら言い合うクマたち。

二人をぼんやりと見ながら、私の中では先ほどのココのセリフが引っかかっていた。

『婚約を断らない』。

普通に考えればそれは、婚約を受け入れるということ。

だけど、本当にそうだろうか？

婚約を断らず、婚約しない。

そんな選択肢はないだろうか？

例えば……

「ねえ、ココ、メル、聞いて。こういうことはできないかしら？」

3

その日の夕方。

私は父の書斎を訪れていた。

「レティ、体は大丈夫なのか？」

目を細め、尋ねる父。

私はアンナが用意してくれたイスに腰掛けたまま頷いた。

「うん。まだ一人で歩くのはつらいけど、少しずつでも体を動かすようにしないといけないと思って。

心配させちゃってごめんね、パパ」

「いや、いい。お前の気持ちも考えず何も伝えないまま王城に連れ出し、いきなり謁見させた私が悪い。おまけに病み上がりの娘に気を遣わせるなど……父親失格だな」

父は小さくため息を吐いた。

どうやら私がお城で倒れたことに責任を感じているらしい。

実際には、私が倒れたのはアルヴィンの顔を見て『回帰前の記憶』が戻ったことが原因なので、父が責任を感じる必要はないのだけど。

でも今は、負い目を感じてくれた方が良いかもしれない。

「ひょっとして、わざわざここまで出向いたのはその話か？」

「うん。それにも関係がある、かな」

ずきりと胸の奥が痛む。

これを言えば、父はさらに苦悩するだろう。

けれどこのまま婚約を受け入れれば、近い将来私たちを待っているのは、破滅。

それだけは絶対に避けなければ。

私は顔を上げ、まっすぐ父を見つめた。

そして告げる。

「お父さま。私にエインズワースを継がせてください」

父の目が驚愕に見ひらかれた。

「家を継ぎたい、だと？」

「はい」

父の視線を真っ向から受け止め、頷く。

王子との婚約は絶対に回避しなければならない。

だけど王の手前、断ることはできない。

では、断らずに婚約を回避するにはどうしたらいいか。

その答えが『家を継ぐこと』だった。

家を継ぐとなれば、当然他家に嫁《とつ》ぐことはできない。王家とて婚約を無理強《むりじ》いすることは難しくなる。

少なくとも、嫁がない言い訳にはなるだろう。

父はどう思うだろうか？

机に目を落とし、難しい顔で考え込む父。

「…………」

しばしあって、視線を上げた。

「たしかに、それなら婚約の話はなくなるだろう。だが……お前が家を継ぐのは恐らく簡単ではない」

「何が問題なのですか？」

私の問いに父は、ううむ、と返事を躊躇《ためら》った。

「問題は色々ある。だが一番の問題は、王国の爵位継承法が女子の継承を認めていないことだ。我が国では女性が家督を継ぐことはできないのだよ」

苦々しい顔で告げる父。

きっと父なりに言いづらいことを言葉にしてくれている。

しかし、だからといってここで諦める訳にはいかない。

私たちの命と未来がかかっているのだ。

——話を先に進めなければ。

「アンナ、先ほどの本を」

「はい、お嬢さま」

私の言葉に、傍らに控えていたアンナがやって来て分厚い本を差し出す。

「ありがとう」

私は本を受け取ると、一枚のしおりが挟まれていたページを開いた。

「その本は？」

「我がハイエルランド王国の貴族法の法令集です。執事のブランドンに頼んで、屋敷の書庫からお借りしました」

「法令集？　なんでそんなものを？？？」

「お父さまが先ほど仰《おつしや》ったように、ここから先は法律抜きには話ができません。ですから実際に条文を参照しながら——」

「いやいやいや、ちょっと待て」

手で私を制止する父。

「お前は、そんな難解なものを読めるのか？　法律の条文なんて専門用語だらけで、王宮の文官でも慣れるまで年単位で苦労するものだぞ」

父は『信じられない』という顔で私をみた。

「お父さまには事毎《ことごと》に感謝しているんです。普通、貴族の娘には礼儀作法やダンスなどを習わせてそれで良しとする家が多いと聞きます。ですがお父さまは私に、魔導具の設計や製作をはじめ興味があることは全て学べるよう優秀な先生方をつけてくださいました。そのおかげでこのような本にも多少なりとも目を通すことができるようになったのです」

これは半分本当で、半分ウソ。

私には各分野の家庭教師がつけられていて、そのことは父にとても感謝している。

ただ、今の私が法律に詳しいのは、実は前の生で受けた花嫁修業のおかげだ。王族に嫁ぐため、当時の私は教養として王国法全般について教え込まれていた。

「……………」

私の言葉をポカンとした顔で聞いていた父は、やがて我にかえると自嘲気味に笑った。

「いつの間にこんなに大きくなったのだろうな。まだまだ子供だと思っていたが——認識をあらためなければならんな」

「私は一二ですから、まだ子供ですよ？」

「そういう意味ではないんだが……。まあいい。先を続けなさい」

「はい、お父さま」

父に促された私は、手元の本に目を落とす。

「お父さまが先ほど仰ったのは『爵位継承法』の第二条一項のことだと思います。『ハイエルランド王国貴族の爵位継承は、原則として初代直系嫡出の男系男子がこれを継承するものとする』」

「その通りだ」

「同二項には長子優先の規定がありますから、これをお父さまが持つ『オウルアイズ伯爵位』に当てはめて考えると、長男であるグレアム兄さまが爵位を継承されることになりますね」

「そうだな」

父は深く頷いた。

普通ならこの話はここで終わりになる。

女である私は、爵位を継げない。

従って継承を楯に王子との婚約から逃れることはできない。

だが……。

「お父さまは、この法律の第八条を読まれたことはありますか？」

「目を通したことはあるはずだが、具体的な内容までは覚えていないな。——どんな内容だったか」

先を促す父。

私は膝の上に置いた本に目を落とした。

「読みますね。『第一条から第七条までは、原則としてハイエルランド王国貴族すべてに適用される。ただし——」

私は顔を上げ、父を見つめた。

「戦時特別叙爵によって定められた爵位については、制定時の勅許状《ちょっきょ》の規定に従う』」

「戦爵の例外規定か！」

父ははっとしたように叫んだ。


戦爵……戦時特別叙爵は、戦争中に元老院による審議を待たず、王が自らの裁量で直接叙爵できる制度だ。

戦時の部隊編成、運用などの必要性から急遽、叙爵や陞爵《しょうしゃく》が必要となった場合、子爵以下の叙爵について元老院の事後承諾という条件つきで王が勅許状を発行できる。

またこの制度によって叙された爵位自体も戦爵と呼ばれていた。

「それで、戦爵が今回の話とどう繋がる？　我が家が持つオウルアイズ伯爵位は戦爵ではなく、事前に元老院での審議を経て叙せられたものだぞ」

「はい。オウルアイズはそうですね」

私の言葉に、訝《いぶか》しげな顔をする父。

だが……

「レティ、ちょっと待て。今『オウルアイズは』と言ったか？」

「はい。申しました」

父は、はっとした顔で立ち上がると、つかつかとキャビネットの前に歩いて行き、そこに納まっている金庫のダイヤルを回し始めた。

待つことしばし。

金庫から一つの木箱を取り出してきた父は、デスクの上にそれを置いた。

「…………」

手袋をつけ、丁寧に蓋を開ける。

中から出てきたのは数枚の古びた書状。

父はその一枚を手に取り、食い入るように見入った。

『勅許状――下の者を戦時特別叙爵によりエインズワース男爵に叙する。……尚、継承については、爵位保持者が自らの三親等以内の者を継承候補者として指名し、存命中の任意の時期または死後速やかに爵位を継承するものとする』

書類から顔を上げた父は、驚きと戸惑いが入り交じった表情で私を見つめた。

「レティ。お前はさっき『エインズワースを継ぎたい』と言ったな」

「申しました」

「それはつまり『エインズワース男爵位を継承したい』ということか？」

「仰るとおりです」

頷いた私に、父は再び絶句した。

ハイエルランド王国において、貴族が複数の爵位を持つのは珍しいことじゃない。

実はうちも、二つの爵位を持っている。

ひとつは、オウルアイズ伯爵。

もう一つは、エインズワース男爵。

前者は領地を伴う爵位だけど、後者は領地を伴わない名誉爵位。

貴族を爵位名で呼ぶときは上位の爵位を使うため、領地を伴わない『エインズワース男爵』は、親族の間ですら話に出ることがほとんどなかった。

けれど、爵位は爵位。

オウルアイズは、グレアム兄さまが継ぐことが法律で決まっている。

エインズワースは、父の三親等以内なら男女問わず継ぐことができる。

つまり後者なら、私でも継承できるはずなのだ。


「考えたな、レティ」

勅許状から顔を上げた父は、やや興奮した様子で私を見た。父がここまで感情を表に出すのは珍しい。

「たしかに、この規定ならお前でも継承できるだろう」

父は再び腰を下ろすと、机の上に勅許状を広げた。

「しかし、よく男爵位のことを覚えていたな。近しい親族ですら知らぬ者もいるというのに」

「名誉爵位ではありますが、我が家創設の由来となった大切な爵位ではありませんか。少なくとも私は、軽んじて良いものだとは思いませんよ？」

「それはそうだが……。まさかお前が継承の規定まで把握しているとは思わなかったよ」

父の言葉に「実は……」と視線を外す。

「私も先生から聞いたのですが、そもそもあの時代に発行された戦爵勅許状は、ほとんどみな同じ文面らしいのです。ですから、うちの規定も同じなのではないかと……」

「は？」

唖然とする父に、思わず苦笑した。

4

エインズワース男爵。

元々平民だった我が家が得た最初の爵位。

そして王国史においては、建国戦争を勝利に導いた一人の天才魔導具師を指す言葉だ。

初代オウルアイズ伯爵イーサン・エインズワース。

今から二〇〇年前。現在の王都で魔導具師の長男として生まれた彼は、急逝した父親の跡を継いで若くして工房の親方となり、出征する弟のため一組の魔導武具を作った。

ひとつは、刀身に魔力の刃を纏《まと》わせ片手剣ながら両手剣の間合いと威力を持つ魔導剣。

もう一つは、魔力を纏うことで魔法をも防ぐ大盾となる丸盾《ラウンドシールド》。

魔導武具と言えば、振ると一発だけ低威力の火球や風刃が放てる程度のものしかなかった時代のこと。

ベースの武具を強化するという新たな発想は、時代を超越したものだった。

その武具を着けて戦場に出た弟は鬼神のごとき活躍を見せ、やがて軍を率いるハイエルランド公爵……後《のち》の建国王の目に留まることになる。

武具の秘密を知った公爵はすぐに兄のイーサンを召喚。彼にエインズワース男爵位を与えて魔導具師ギルドをまとめさせ、同様の魔導武具を量産させた。

その後、新鋭の魔導武具を装備したハイエルランド公爵軍は、連戦連勝。

旧王国の暗君から王権を奪取した新王は、勝利に多大な貢献をしたイーサンにオウルアイズ伯爵位を与えたのだった。

――以上がエインズワース家の成り立ち。

ちなみに『エインズワース』という名は元々家名ではなく、代々うちのご先祖様が使ってきた魔導具工房の屋号だったりする。

「…………」

父はしばらく無言で考え込んでいた。

――娘《わたし》がエインズワース男爵位を継承する。

法的に問題がないことは確認できたはず。あとは父が「色々ある」と言っていた、他の問題だろうか。

私は黙ったまま父の言葉を待つ。

目を閉じ、机に肘をついて考え込んでいた父は、やがて顔を上げた。

「レティ」

「はい、お父さま」

父と私の視線が交錯する。

「お前にエインズワース男爵位を継がせるには、一つ絶対に必要なものがある」

「なんでしょうか?」

「継承の理由となる、実績だ」

「実績、ですか?」

尋ねる私に、父は無言で頷いた。

「規定上、男爵位の継承者を指名するのは私だが、今回は王陛下からの提案を断っての指名になる。生半可《なまはんか》な理由では『婚約を断る口実だ』と看破されるだろう。従って——」

「私は、自分が男爵位を継ぐに相応《ふさわ》しいということを、誰もが納得する実績をもって証明しなければならない、ということですね?」

「そうだ。それも次に陛下に謁見するまでの、極めて短い期間でな」

そこまで言うと、父は深くため息を吐いた。

「王宮からは、お前の容体について度々問い合わせがきている。病み上がりということを考慮しても、先延ばしできるのはせいぜいひと月というところだろう。何か実績を作らせてやろうにも、あまりに時間が足りない」

どうやら父は、私のために実績を作る方法を考えてくれていたらしい。

その気持ちが素直に嬉しかった。

「実績というのは、例えば『誰も見たことのない画期的な魔導具の開発』などでも構わないのでしょうか？」

私の言葉に、父は目を見開いた。

「もちろん構わないが……そんなものが作れるのか？」

「実は、以前より構想を温めていたものがあります」

父との交渉に臨むにあたって、くまさん会議では私の『実績』の問題も議論していた。

そして、どんな魔導具を作るのかも。

今の私にはこの世界の経験だけでなく、夢の中の世界『日本』での技術者、宮原美月の知識がある。

何をどう作るのか。作るのにどんな材料が必要か。どれだけの時間が必要か。

大体のことは見えている。

あと必要なのは……

「お父さま、私に研究室を使わせてくださいませんか？」

「研究室を？　もちろん構わないが……しばらく使っていないから埃だらけだぞ」

「構いません。いい機会ですから掃除してしまいましょう」

思わず笑みがこぼれる。

この屋敷――王都の伯爵邸には、一軒の離れがある。

平屋建ての民家のような外観の建物は、実はエインズワース家の当主専用研究室。

私が前の人生で、プライベートの時間の多くを過ごした場所だ。

あの部屋には、オウルアイズ領の研究所ほどではないにしろ製図道具や魔導具製作用の工具が一通り揃っている。

短期間で魔導具を作るなら、研究室が使えることが絶対条件だった。

そしてもう一つ。

「王都の工房に、私に協力するよう通達を出してください」

エインズワース魔導具工房・王都工房。

王都サナキアの職人街にある中規模の工房で、かつて初代オウルアイズ伯が魔導武具を作ったという、我が家にとっての『始まりの地』だ。

今は販売した魔導具の修理・メンテナンス用の工房として営業している。

「本気なのだな」

父はわずかに口角を上げた。

私はあらためて父に向き直った。

「エインズワースは代々魔導具づくりを生業とし、その開発によって世に認められた一族です。家名を継ぐに相応しいということを、私は自らの技術《ちから》で証明しましょう。三週間で結果をお見せします。

微力を尽くしますので、ご協力をお願いします」

座ったまま深々と頭を下げる。

顔を上げたとき、再び父と視線が交わった。

父はふっと笑うと小さく頷いた。

「分かった。今このときより、我が家の総力をあげてお前を支援しよう。屋敷の設備、王都の工房、オウルアイズ領の工房と研究所、すべてに協力させる」

父は立ち上がり、こちらにやって来るとひざをついた。

その手が、私の頭を撫でる。

「やれるところまでやってみなさい。兄妹《きょうだい》でも一番魔導具への想いが強いお前のことだ。きっとできるはずだ」

「パパ……！」

私は思いきり父に抱きついた。

✶⋆第3章　魔法と魔力と魔導具と⋆✶

1

翌日。

お屋敷本邸の通用口から伸びる小道《こみち》を、私はアンナと二人で歩いていた。

「ここって、ちょっとした森ですよね」

両手に掃除道具を抱えたアンナが、うきうきした様子でそんなことを言う。

「そうね。周りに木を植えてあるだけなんだけど……道がうねっているから、まるで森の中にいるみたいね」

木々の間から陽の光が帯のように降り注ぎ、幻想的な景色を作り出している。

視線を横に向けると、きらきらと反射する池の水面の向こうに屋敷が見えた。

この光景にワクワクしているのは、実はアンナだけじゃない。

本当は私も、病み上がりの体が軽く感じるくらいに胸が高鳴っていた。

ここは私の大切な場所。

前の人生で、厳しい花嫁修業の合間に魔導具づくりに没頭した——

「あっ、あれですよね？」

アンナが箒《ほうき》を持つ手で器用に指差す。

その先に、森の中にひっそりと佇む一軒の小屋があった。

懐かしい森の中の小屋。エインズワースの当主専用研究室を前に、私は思わず足を止めた。

「よかった。変わってない」

「え、何か言われましたか？」

思わず漏れてしまった心の声に、先を行くアンナがぴょこ、と振り返った。

「ううん、なんでもないわ」

私は慌てて両手を振る。

幸いなことにアンナは気にした様子もなく、小屋の前まで行くと、持参した掃除道具を広げて準備を始めた。

「ふぅ」

私は小さく息を吐くと、辺りを見回した。

小屋のまわりも、ここまでの道も、屋敷の使用人たちの手で雑草などが抜かれきれいに維持されている。

外については問題ない。

問題なのは、やはり中だろう。

特別な仕組みで施錠された小屋の鍵を開けられるのは、当主とその家族だけ。

父や兄たちは長いことここを使っていなかったらしいので、かなりの埃が積もっていることだろう。

アンナが気合を入れて準備をしてきたのは、つまりそのためだった。


掃除好きの侍女は、てきぱきと用意を進めていた。

箒を壁に立てかけ、ハタキを足踏み台の上に置き、桶《おけ》を足元に置く。

そしてアンナは、その桶の上に両手をかざした。

「『清浄なる水よ。我が手から溢れ、桶を満たせ。水生成《ファキト・アーキア》』！」

シンプルな詠唱。

久しぶりに見るそれは、不思議な光景だった。

唱え終わるや、彼女の両手から水が溢れたのだ。

『日本』ではありえなかった奇跡が、目の前で起こっている。

桶に注がれる透明な水。

水生成《ファキト・アーキア》は、魔力の少ない人でも簡単に発動できる初級魔法だ。

体内の魔力を変換して水を作り出す。

ちなみに戦闘用としては、この魔法の応用である水竜巻《イクシータ・トゥルブ・アーキア》という中級魔法がよく使われる。

学園の実習で習ったので前世の私は使えたけれど、今の私はどうだろうか？

「…………」

好奇心がうずいた。

2

「ちょっとだけなら、大丈夫よね？」

せっかく魔法がある世界なのだ。

できるものは、試したい。

好奇心に負けた私は、木々の向こうに見える池に指先を向けた。

試し射《う》ちなので、威力は最小に絞る。

もし私が前と同様に魔法を放てるとすると、最大威力で射てば屋敷が全壊してしまう。

「すぅ～、はぁ～」

深呼吸を一つした私は、小声で詠唱した。

「『カップの水のごとく小さき水の流れよ。我が指先に集《つど》い、渦を巻き、指差す方向に徒歩の速さで進め。水竜巻《イクシータ・トウルプ・アーキア》』！」

構築された魔法の詠唱が、体内の魔力《マナ》を誘導する。

次の瞬間、私の指先におもちゃのラッパほどの水の渦が現れ、シュー、という音を立て回転しながら池の方に飛んでいった。

（やった！）

久しぶりの魔法は、どうやら成功したらしい。

私の魔法は人が歩くほどの速度で木々の間を抜け、池の水面に。

そして小さな水の渦は水しぶきを立て……

「へ？」

　バシャシャシャシャシャシャシャッ‼

水面を引き裂き、あたかもスクリューが全力回転するがごとく盛大に飛沫《しぶき》を撒き散らす。

（ま、まずっ⁉）

私の魔法は派手な水煙を立ち上げながら水中に没すると、ゴボゴボと泡を立て池の底につき当たるまで直進したのだった。


幸いなことに、見かけが派手な割には周囲に目立った被害はなく、せいぜい池の縁が水浸しになった程度で収まった。

アンナは気づかなかったみたいだし、屋敷の方で目撃した者もいなかったようだ。

が、私は激しく反省していた。

「やっぱり、安易に中級魔法を使っちゃいけないわね……」

ちょっと間違えば、屋敷にテニスボール大の穴が空いていたかもしれない。

先ほどのアレは、明らかに詠唱の失敗によるものだった。

水の量は「カップ程度」「小さき」と指定した。

進行方向は「指差す方向」と指定した。

速度も「徒歩の速さ」と指定した。

だけど、渦の回転力《モーメント》と、魔法の停止条件について指定するのを忘れていたのだ。

その結果が、あれだ。

魔法を発動するときは、その大きさや効果範囲、停止条件などを細かく指定して詠唱しなければならない。

きちんと指定しないと、先ほどのように術者の魔力に比例して暴走してしまう。

魔力の少ない者なら被害は知れているけれど、私のような大量の魔力持ちだと文字通り建物をふき飛ばしかねないのだ。

便利そうで、実はちゃんと使うのは大変。

それが魔法。

実は、詠唱は必ずしも必要不可欠という訳ではない。

頭の中でイメージしながら魔力を動かしても発動はする。けれど、その分制御は甘くなり、暴走のリスクが高まる。

初級魔法ならいざ知らず、中級以上の魔法を行使する者は、王国法で詠唱が義務づけられていた。

魔導具による魔法発動が詠唱・無詠唱魔法に比べて優れているのは、この点だ。

術式が仕込まれているため、命令の指定漏れがない。決まった威力の魔法を、即座に、確実に発動することができる。

しかも使い手を選ばない。

それが魔導具のメリットだった。

私がこれから作る魔導具は、そのメリットを最大限活かしたものになる。

自分の中に、魔導具づくりへの欲求が、これから作る魔導具の構想が、ムクムクと湧き上がってくるのを感じた。

そのとき、小屋の方から元気な声が聞こえてきた。

「お嬢さまあ。鍵を開けてくださーい!」

ぶんぶんと手を振る私の侍女。

「ふふっ」

アンナはやる気十分。

彼女につられた訳ではないけれど、私もワクワクしながら小屋に向かった。

3

アンナに「鍵を開けて欲しい」と呼ばれた私は、研究室の玄関扉の前に立っていた。

「ええと確か……」

扉の傍らにある胸の高さほどの石柱。

私はその上面に刻まれた紋章を確認する。

「その石碑みたいのが『鍵』なんですか?」

「そうよ。これの操作方法は一族の口伝《くでん》なの」

興味深げに石柱を眺めるアンナに答えると、私は一度だけ深呼吸をした。

「さて。久しぶりだけど、うまくできるかしら」

この『鍵』の操作をするのも、前世以来のこと。

少しだけ緊張する。

私は、石柱の上面にはめ込まれたオウルアイズの紋章……フクロウと蔦《つた》をあしらった魔導金属《ミストリール》製のプレート……に手を置き、慎重に自らの魔力を注ぎ始めた。

まずは、左の蔦。魔力を下から上へ、蔦に這わせるように通してゆく。私が魔力を注いだ部分が、青白く光る。

次は右の蔦。

そしてフクロウの左眼。

最後に、右眼。

そこまで発光させたところで、正面からカチャン、という音が聞こえた。

ゆっくりと開いてゆく玄関扉。

私は、ふぅ、と息を吐いた。

「なんとか上手くいったわね」

プレートに刻まれた紋章の決められた箇所に、決められた順番、決められた波長で魔力を通す。

それが、扉の鍵になっていた。

魔導回路の製作は魔力操作の腕にかかっている。

このくらいのことができなければ、精密な魔導回路を作ることはできない。

(本当、エインズワースらしい『鍵』よね)

無事、最初の関門をクリアした私は、ほっと胸をなでおろしたのだった。


「お嬢さま、終わりましたよ～～」

窓から身を乗り出し、こちらに手を振るアンナ。

屋外に運び出されたイスに座り、昨晩描き散らかした魔導具のポンチ絵にメモを書き込んでいた私は、顔を上げ彼女に手を振り返した。

掃除好きの侍女は、埃だらけだった部屋をあっという間にきれいにしてしまったらしい。

「……って、半刻も経ってないじゃない」

懐中時計を確認した私は、なかば呆れて呟いた。

アンナはおっちょこちょいなところもあるけれど、基本的にとても優秀だ。

掃除に洗濯、裁縫に料理までなんでもこなす。

一度目の未来で暴漢に絡まれたときには、刃物を持った相手を素手で取り押さえてしまったこともあった。

そのとき「あなたに苦手なことってあるのかしら?」と尋ねたら「お嬢さまのためなら、なんでもできるようになりますよ」なんて笑っていた。

愛が重い。だけど――、

「それをいじらしいと思ってしまう私も私よね」

ひとり苦笑すると、大切な侍女の待つ小屋に向かったのだった。


研究室は、私の記憶の中の風景そのままだった。

窓際の大きな作業机。

その横に置かれた原始的な製図台。

右の棚には魔導具製作用の専用工具や測定器が並び、左の書棚には歴代の当主たちが作ってきた魔導具の図面がファイルされている。

床には塵ひとつ見当たらない。窓も壁もピカピカだ
「どうですか、お嬢さま！」

ドヤ顔で胸を張るアンナ。

私は彼女に抱きついた。

「ありがとう、アンナ！　これで考えていたものが作れるわ!!」

えへへへ〜〜、と顔がゆるんだ私の侍女は、屈んで私と目線を合わせると破顔した。

「お嬢さまのお役に立てて嬉しいですっ」

なんだか力がみなぎってくる。

「それじゃあ、早速取り掛かるとしますか！」

私は、私を待つ作業机と製図台の前に歩いていった。


それから二日間、私は日中のほとんどの時間を研究室で過ごした。

昼は研究室で図面を引き、夜は自室に製図台を持ち込んで、さらに図面を引く。

正直、病み上がりの体にはキツい。

だけどそんなことは言っていられない。なにせ時間がないのだ。

私に与えられた時間は、三週間。この三週間というのは私が自分で言い出した日数ではあるけれど、お父さまの「引き伸ばして一ヶ月」という言葉から逆算した数字だった。

では、その時間をどう使うのか。

今回の開発工程は、次のように進めることになる。

①機能設計・概観設計・部品表作成（私）
↓
②部材手配（王都工房）・③部品設計（私）
↓
④部品加工（王都工房）・⑤魔導回路設計（私）
↓
⑥魔導回路実装・組み立て（私）

←

⑦動作試験・品質確認（私）

この中で一番時間がかかるのは、②の部材手配と、④の部品加工。

どちらも王都工房への外注なので、前工程の私の作業が終わらない限りスタートできない。

つまり私が図面を引かない限り、開発が動かないのだった。

4

設計に取り掛かって三日後。

私は王都の街中を進む馬車に揺られていた。

「うぷ……っ」

「大丈夫ですか、お嬢さま⁉」

「だ、大丈夫じゃな……っぷ」

革袋の口を広げ、慌てて口を突っ込む私。

そんな私の背中をさすっていたアンナが、苦い顔をして私の顔を覗き込んだ。

「昨夜は何時に就寝されたんですか？」

「よ……二時くらいかな？」

「四時!?　三時間しか寝てないじゃないですか！」

「いや、だから二時……」

「今更言い直しても遅いです！　まったく、昨日やっと普通の食事がとれるようになったばかりですのに」

私の侍女は、はぁ、とため息を吐くと、再び背中をさすり始めた。

「お嬢さま。焦る気持ちは分かりますが、お願いですから無理をなさらないでください。お嬢さまが眠り続けた五日間、私、生きた心地がしなかったんですよ？」

先日のことを思い出したのか、すん、と鼻をすするアンナ。

「……ごめんね。アンナ」

「もう、無理しないでくださいね？」

私は、こくりと頷いた。


私がクルマ酔いと戦っているうちに、馬車は工房街へと入っていく。

これまで走っていた小洒落《こじゃれ》た商業区とは対照的な、荒々しい雰囲気の街。路地のあちこちから槌を打つ音が響き、通りは喧騒で溢れていた。

そんな街並みを横目に馬車はトコトコと進み、やがて一軒の店の前で停車する。

御者台《きよしやだい》から降りた従者が、外から扉を開けてくれた。

「お嬢さま、降りられますか？」

「……うん。なんとか」

アンナに手を借りながらゆっくりステップを降り、彼女に続いてそろそろと地面に足を着く。

無事馬車から降り立った私は、目の前の二階建ての工房を見上げた。

石造りの瀟洒《しょうしゃ》な建物。

歴史を感じる玄関には、オウルアイズのフクロウと蔦の紋章が描かれた看板が掛かっている。

『エインズワース魔導具工房・王都工房』。

王都サナキアにあって、主にうちの魔導具の修理とアフターメンテナンスを行っている工房。

回帰前、私が魔導具を作るときの材料調達は、全てここにお願いしていた。

「懐かしい……」

一瞬吐き気を忘れ、言葉が口をついて出る。

そんな私を見て、アンナが首を傾げた。

「あれ？　お嬢さまはこちらに来られたことってありましたっけ？」

「ええと、小さい頃に一回だけ、あったような？」

アンナの鋭い問いかけに、ドギマギする私。

そうだ。前に私がここにきたのは、回帰前の学生時代のこと。

今回の私は、ここに来るのは初めてだ。

私が挙動不審に陥っていると、アンナがポンと手を叩いた。

「あ、ひょっとして私がお嬢さまにお仕えする前の話ですか？」

「そ、そうかも、ね？」

内心で冷や汗をかきながら、彼女に笑みを返したときだった。

「はあ!?　ふざけんなよ!!」

工房の中から響く男性の怒鳴り声。

一体、何事だろう？

アンナと顔を見合わせた私は――

「あっ、お待ちくださいお嬢さま!!」

彼女が制止する間もなく、工房に飛び込んだ。

✶⋆第4章　王都工房の職人たち⋆✶

1

工房の受付では、カウンターを挟んで体格のいい二人の男が睨み合っていた。

細身の青年がその横でワタワタしている。

「修理から戻ってきたばっかかなんだぞ！　なんで一度使っただけで壊れるんだ⁉　手抜き修理じゃねーか‼」

客と思《おぼ》しき冒険者風の男性がドンッとカウンターを叩く。

その衝撃でカウンターに置かれた鞘入りの剣が飛び跳ねた。

「なんだと？　もう一度言ってみろ‼　うちの仕事にケチつけようってのか⁉」

カウンターの内側にいる無精《ぶしょう》ヒゲの職人が、こちらもドンッとカウンターを叩いた。

再び飛び跳ねる剣。

むしろカウンターさんが可哀想だ。

「や、やめてください！　お二人とも‼」

必死で二人の間に割って入る、店員と思われる細身の青年。

「…………」

なるほど。

なんとなく状況が分かってしまった。

男二人の言い合いは、入店した私とアンナを無視して続いていく。

ただ一人、細身の店員だけがすまなそうに『申し訳ない』というジェスチャーを送ってきた。

「こっちはコイツが壊れたせいで危うく仲間が死ぬところだったんだぞ！」

「魔導具はあくまで補助だ。てめえの腕のなさを武器のせいにしてんじゃねえ!!」

「なんだとこの野郎!!」

もはや一触即発。

幅広のカウンターがなければつかみ合いのケンカが始まっていただろう。

——うちの店で揉めごとを起こさせる訳にはいかない。

私はつかつかと二人のところに歩いて行き、客の男に話しかけた。

「少々よろしいでしょうか、お客さま」

「あん？　……なんだあんたは？」

値踏みするような男の視線。

どうやら私のことを掴みかねているようだ。

まあ、突然工房で場違いな格好の娘に話しかけられたら、こういう反応にもなるだろう。

今日の私は、フリフリのドレスではないけれど一応よそ行きの恰好をしてきている。

一見して工房の客ではない。

かと言って、ここで働いているようにも見えないだろう。

彼の質問にはどう答えたものだろうか。

閑話休題《それはさておき》。

工房の関係者なので『店の手伝い』と言っても間違いではないと思うのだけど。

一瞬迷って、私は笑顔で答えた。

「お店のお手伝いのようなものです。――それでそちらの魔導剣ですけど、よろしければ私にも見せていただけませんか？」

「別にいいぜ」

客の男性は、鞘入りの剣を私の前に押しやった。

私がその剣の柄《つか》を覗きこもうとすると……

「おい、お前！　何勝手なことやってんだ」

無精ヒゲの職人が私に怒鳴ってきた。

男はカウンターごしに威圧する。

「関係者でもない人間が、何を出しゃばって――」

「親方っ、だめです親方っ!!」

慌てて職人を制止する細身の青年。

彼に『親方』と呼ばれた男は、今度は青年を睨《にら》みつける。

「ンだよ、おめえ。部外者に首突っ込まれてんだぞ。何がダメなんだ？」

ガラが悪いなあ。

私が顔を顰《しか》めていると、青年が必死にアンナの方を指差した。

「ほら親方、あれを見てくださいっ。あれ！」

「ああん？」

言われた親方は怪訝な顔でアンナを見て……その顔からさぁっと血の気が引いていくのが分かった。

「？」

なんだろう。

不思議に思ってアンナの方を振り向いた私は、理解した。

彼女に持ってもらっている工具鞄《こうぐかばん》。

革製の旅行鞄をふたまわりほど小さくしたようなそれには、はっきりとフクロウと蔦……つまりオウルアイズ伯爵家の紋章が彫り込まれている。

「くっ……」

私がこの工房の『関係者』だということが分かったのだろう。親方は苦々しい顔で黙り込む。

はぁ、と溜め息を吐いた私は気持ちを切り替え、彼らを呼んだ。

「ココ、メル、手伝って」

『はいよ！』

『呼んだ？』

私が肩がけしている鞄から勢いよく飛び出し、宙を舞うクマたち。

「「おわっ⁉」」

突然のことに驚く三人の男性。

「それ、魔導具か⁉」

親方が目を剥《む》いた。

驚く三人を尻目に、私はクマたちを操って、くだんの剣を掴んで目線の高さまで持ち上げた。

そしてそのまま剣の柄の部分を観察する。

「…………ん？」

私は首を傾げた。

柄の握りの部分には細かい溝が彫られ、魔力流路が這っている。

その流路を形作る魔導金属線《ミストリール》の太さが、どうにも不ぞろいなのだ。

まるで一度切れた線を、あちこち無理やり継ぎ足したかのように。

「…………」

念のため、ココとメルをぐるりと回して背面側の柄も確認する。

「……これはひどい」

思わず口に出た。

同時に頭に血が上っていく。

「そこのあなた！」

私は親方を睨んだ。

「な、なんだよ……」

「あなたがここの責任者?」

「そうだが」

露骨に不快そうな顔をされる。

——いや、怒ってるのはこっちだから。

「ちょっとそれを見てみなさい」

私はココとメルを操り、剣の柄を彼に突きつけた。

「うおっ⁉」

目の前に飛んできた剣に、仰け反る親方。

「その修理跡を見て、何か言うことは?」

私の言葉に彼は不満げにこちらを見ると、しぶしぶ柄の状態を調べ始めた。

そして一言。

「酷《ひで》えな、こりゃあ」

まるで他人事《ひとごと》のような言いぐさだった。

思わず「あなたの工房でやった修理でしょう⁉」と怒鳴りそうになったとき、親方は傍らの細身の若者を振り返った。

「おいお前。修理した奴を連れて来い」

「は、はいっ」

青年は慌てて台帳を確認すると、工房の奥に消えて行った。

2

待つことしばし。

修理を行った職人が呼ばれ、店頭に出てきたその姿を見た私は唖然とした。

「まだ子どもじゃない！」

目の前の酷い修理を行ったという職人は、明らかに一〇代前半と思われる少年だった。

私と同い年か、ひとつふたつ年上だろうか。

煤《すす》にまみれ服も肌も黒くなった少年は、ちらっとこちらを見るとボソッと呟いた。

「……あんたも子どもだろうが」

ああ、うん。そういえばそうだったね。

つい『児童労働』という単語が頭をよぎってしまったけれど、ここは日本じゃない。子供でも生きるためには働かなければならない世界だ。

「おいジャック。こいつの修理をやったのはお前か？」

親方がドスのきいた声で少年を問いただす。

私はココとメルを操作し、ジャック少年の前に剣を動かした。

「な、なんだよこれ⁉」

宙に浮かび剣を持つクマたちに驚くジャック。

親方はその問いに答えることもなく「どうなんだ」と詰め寄った。

少年はしぶしぶ剣の柄を確認すると、吐き棄てるように言った。

「……オレの仕事だよ」

次の瞬間、バキッという音とともに少年が横に吹っ飛んだ。

「なんてことするの‼」

私はカウンター脇を通って向こう側に抜けると、親方に殴り飛ばされたジャック少年に駆け寄った。

「あなた、大丈夫⁉」

「っ……近寄んなよ」

少年は私を睨むと、口内が切れたのか血混じりの唾を床に吐き棄てた。

「こんなのしょっちゅうだ。大したことない」

「しょっちゅうって……」

私は絶句した。

児童労働。日常的に振るわれる暴力。

そして品質確認もせず修理品を出荷してしまう杜撰《ずさん》な体制。

（一体、この工房はどうなってるのよ？）

私は軽いパニックに襲われた。

「おいアンタ！　何勝手にこっち側に入って来てんだ!!」

背後から響く怒鳴り声。

私は気持ちを切り替えると、立ち上がってくるりと親方を振り返った。

苛立たしげに私を見下ろす巨体。

私は負けじと彼を睨み返す。

そして叫んだ。

「文句を言いたいのは私の方ですっ！　この子の修理がまずくても、なぜその状態で納品しているの？　なんで品質担当者がちゃんとチェックしていないの？　最低限の管理もできていないあなたが、一体なんの正当性をもって成人もしていない部下に暴力を振るってるのよ!!」

私の言葉に、親方は激昂《げきこう》した。

「うるせえっ！　伯爵家の紋章を使ってるから黙ってたが、この工房の管理者は俺だ。雑な仕事をした職人を殴って躾けて何が悪い？　俺だって師匠からそうやって仕込まれたんだ。誰だか知らないが、余計な口出ししてんじゃねえ!!」

怒鳴り合い、睨み合う。

仲間に対する暴力。

魔導具師の風上《かざかみ》にもおけない、品質に対する姿勢。

そして工房を私物化するような言動。

渦巻く感情の中で『親方』と呼ばれるその男と対峙した私は、あることに気づいた。

工房に入ってからずっと感じていた違和感。

懐かしい店構え。

店頭に掲げられたオウルアイズの紋章。

かつて何度も訪れた工房はたしかに記憶通りの姿で——記憶とは違っていた。

親方を名乗るこの男も。

人の良さそうなあの青年も。

そして横で口を拭う少年も。

私は顔を知らない。

回帰前に初めてこの工房を訪れたのは、私が一五のとき。今の時間軸で言えば三年後だ。

あのときに紹介された工房の責任者は、私がよく知る人物だった。

元々オウルアイズ領の本工房で働いていた熟練の職人で、無愛想だけど魔導具づくりで試行錯誤する私にボソッとアドバイスをくれるような、そんなおじさん。

間違っても年下の部下を殴るような人じゃない。

それに、他の職人たちもオウルアイズ領で顔なじみの人たちだったように思う。

一体、いつ人が入れ替わったのだろう？

（そういえば……）

古ぼけた記憶を掘り起こす。

私が王都の学園に進学する少し前、まだオウルアイズ領の屋敷に住んでいた頃。

お父さまや本工房の人たちが妙にバタバタしていたことがあった。

（ひょっとしてあのとき、王都工房で何かあったの？）

――いや。十中八九、問題が起こっていたのだろう。

目の前の惨状を見る限り、むしろ『問題が露呈した』というのが正しいのかもしれないけれど。

今の王都工房は、品質の面でも接客の面でも問題がありすぎる。

衰退傾向にあるとはいえ、未だうちの顧客には貴族も多い。

今回みたいな仕事と対応を続けていれば、いつか必ず父に直接クレームが入る。

そうなれば間違いなく彼らはクビだ。

前世ではきっと王都工房の職人全員がクビになり、オウルアイズ領の職人が代わりに送り込まれたのだろう。

目の前の男はどうでもいいけれど、青年と少年、それに瑕疵《かし》のない他の職人たちまで巻き添えになるのは忍びない。

なんとかしなければ。

私はあらためて目の前の『親方』を見据えた。

「私の名はレティシア・エインズワース。この工房のオーナー、オウルアイズ伯爵ブラッド・エインズワースは私の父です」

「なっ……」

絶句する親方。

他の三人もどよめく。

「お、お嬢様が、なんでこんなところへ？」

親方が頬を引きつらせる。

「あなた、お名前は？」

「工房長のダンカン……です」

苦々しい顔で答えるダンカン。

私は彼に詰め寄った。

「先日、父の名前で通達が出ていたはずです。『私に全面的に協力するように』と」

「おい、ローランド？」

慌てて工房の青年を睨みつけるダンカン。

ローランドと呼ばれた青年は、びくっ、と身を強張《こわば》らせた。

「は、はっ、はいっ。確かに通達がきてます。おおお、親方にも一昨日《おととい》お伝えしましたが……」

「聞いてねえっ!!」

ドンッ！　とカウンターを殴るダンカン。

ローランド青年は「ひぃっ」と後ずさった。

ダンカンはしかめっ面《つら》のまま私に視線を戻す。

「それで、お嬢様がうちの工房になんの用で？」

「新しい魔導具を作るので、資材手配と部品加工を依頼しにきたんですが――」

私はちらりと先ほどの剣を見る。

「この様子だと、部品加工はオウルアイズの本工房に頼んだ方が良さそうですね」

私はわざとらしくため息を吐いた。

「お客さまの大切な魔導剣にこんな杜撰な修理をして出荷し、あまつさえ正当なクレームにもけんか腰で対応する。そんな工房に仕事は任せられませんから」

「ぐっ……」

工房長の顔が歪む。

「お父さまには、『そのように』報告しておきますわ。……帰りましょう、アンナ」

「はい。お嬢さま」

私は真っ青になったダンカンに背を向けると、狼狽《ろうばい》している客の男性のところに向かった。


「オ、オウルアイズ伯のご令嬢とは知らず、とんだご無礼を！」

頭を下げる客の剣士。

私はなるべく威圧感が出ないように話しかける。

「顔をお上げください。お詫びすべきはこちらですから」

「えっ⁉」

剣士は驚いた顔で私を見た。

「私どもの工房のずさんな修理により、お仲間の命が危険に晒されたとのこと。エインズワース家の家人としてあらためてお詫び申し上げます」

「そんな……令嬢が謝られる必要はありませんよ！」

私は言葉を続ける。

「お客さまの剣は私が責任を持って修理させていただきます。明日お住まいまでお届けしますので、一日だけお時間をいただけますか？」

「えっ、令嬢が修理されるんですか？」

「はい。これでもエインズワースの娘ですから。一応、特級魔導具師の認定を持っているんですよ」

ふふ、と笑うと、男性剣士はあんぐりと口を開けて固まった。

私は工房の入り口まで歩いて行き、剣を持ったココとメルを呼び寄せる。

「それでは皆さん、ごきげんよう」

にこり、と笑顔を振りまく。

隣のアンナが扉を開けてくれたので、私は外に出ようと——

「ちょっと待ってくれ!!」

そのとき、背後から焦りの色を含んだ男の声が響いた。

「まだなにか？」

私は振り返ると、工房長のダンカンを見た。

「その修理、うちにやらせてくれ！」

ダンカンは必死の形相《ぎょうそう》でカウンターから身を乗り出し、唸るように叫ぶ。

——乗ってきた。

私は即答せず、考えるそぶりを見せる。

「でも、お客さまにあんな対応をする人にこれ以上任せるのは……」

「すぐに、今すぐに取り掛かる！　品質も俺が直接確認する。だから、どうかうちに修理をやらせてくれ!!」

悲鳴に近い懇願。

自分のクビが掛かっているのだから、当然か。

だけど、まだ一つ足りない。

「申し訳ありませんが、信用できません」

「なっ!?」

ダンカンの顔が歪む。

「私が名を明かさなければ、対応が変わらなかったでしょう？　そんなあなたの何を信じろと言うんです？」

「そ、それは…………」

口籠《くちご》る工房長。

「もし、どうしてもと言うのなら——」

「あ、あのっ！」

「ふぇ？」

思わぬ声に遮られ、間の抜けた返事をしてしまう。

声の主は、ローランド青年だった。

「親方の言うように、その剣の修理、うちの工房でやらせてくださいっ。品質検査が漏れたのは、ひょっとしたら僕のせいかもしれないんです。最近急ぎの修理依頼が多くて流動管理が手いっぱいで……。でも言い訳にはなりませんし、お客様にご迷惑をかけてしまったならきちんと対応しないといけません。だからどうかお願いします！」

必死で頭を下げる青年。

さらに彼に続く者がいた。

「俺も……」

口の端に血を拭ったあとを残した少年。

「下手くそな修理したのは俺だから。もう一度うちの工房にチャンスをくれ」

ジャックは悔しそうに唇を噛んだ。

「えっと……」

私は戸惑っていた。

なぜ彼らはこんな親方《パワハラ男》を庇おうとするんだろう？

先ほどから私は工房長を責めこそすれ、工房全体の責任は問うていない。彼らのことを責めてはいないのだ。

なのに、なんで？

………………。

まぁ元々彼らの仕事を取り上げるつもりはなかったから、いいのだけど。

私は工房長に向き直った。

「どうしてもここでやり直すと言うのなら『あなたが』『今ここで』修理してください。本当にきちんとできるのか、私が見届けます」

私の言葉に、コクコクと頷くダンカン。

「わ、分かった。今から俺が修理させてもらう。準備するからちょっとだけ待ってくれ。――ローランド、ジャック、治具台をここに持って来い」

「「はいっ!!」」

「俺は工具と回路検査機を取ってくる」

そうして三人は慌ただしく準備を始めたのだった。

3

一〇分後。

カウンターには、剣を保持するための治具台が置かれ、その上に壊れた魔導剣が乗っかっていた。

それらを前に椅子に腰掛け、作業を進めるダンカン。

剣は剣身と柄の部分に分解され、さらに柄は握りの部分から、魔石を収めた端部の柄頭《つかがしら》が引き出されている。

彼は鍔のカバーを開け、その下に埋め込まれた魔導回路の基板を取り外した。

「……よし」

そうして取り外した基板の端子部を回路検査機に挿入する。

意外なことに、ここまでの作業は非常に手際よく進んでいた。まるで同じものを何千本も直してきたと言わんばかりのスムーズさ。

色々と問題はあるけれど、伊達《だて》にこの工房を任されている訳ではないということがよく分かった。

そんなことを思いながら見ていると、検査機を作動させ反応を見ていたダンカンが首を振った。

「中で断線してやがる。おい、ローランド」

「はい。なんでしょう?」

「基板交換だ。在庫から新しいやつを出してくれ」

「分かりました」

頷き、奥の階段をぱたぱたと上ってゆくローランド青年。

「今のうちに他の部分の線を引き直すか。ジャック、こっちに来てよく見てろ」

「……おうっス」

自分の修理のまずさを思い出したのか、気落ち気味に返事するジャック。

そんな少年に、親方は手元の作業を進めながらこう言った。

「やっちまったもんは仕方ねえ。上手いやつを見て、手を動かして覚えろ」

「ウス」

頷くジャック。

——なんだ。ちゃんと師弟関係ができてるんじゃない。

暴力はダメだけどね。


ダンカンの仕事はなかなかのものだった。

先の尖った工具に魔力を流し、魔導金属線《ミストリール》を整える。

流す魔力の波長を微細に変化させ、均一な線に引き延ばしてゆくその技量は、オウルアイズ領の本工房の熟練職人にも全く負けていない。

「なかなかの腕じゃないですか」

「まぁ、修理ばかり長くやってるからな」

私の言葉に、ダンカンは手元から目を離さずに応える。

「これで接客と指導がよくなれば、言うことはありませんのに」

「師匠の下でずっと一職人としてやってきた俺に、そんなことを求めるのが間違ってる。いくら人がいないからって、倒れた師匠の代わりにいきなり跡を継げなんてよ」

「でも、お師匠さまはそれをこなされてきたんでしょう？」

「形だけはな」

「形だけ？」

「ああ。同じ立場になったから分かる。師匠も、今の俺とそれほど変わらん仕事しかできてなかった。よその工房では製造と店舗運営は責任者を分けるのが普通なんだ。人がいないから両方見ろなんて、無茶振りもいいとこだ。ただでさえ職人が少ないってのに」

私は言葉に詰まった。

彼はきっと増員の要請をして、上から却下されたのだろう。

——ああ、そうか。そこが原因なのか。

接客の質が悪いのも。児童労働がまかり通っているのも。品質検査が抜けてしまったのも。

すべて一つの問題に行き着く。

人がいない。

つまり、雇うお金がない。

売上が落ちて金銭的に余裕がなく、賃金が安いから腕の良い職人が集まらない。だから子供を雇って育ててるのか。

これはうちの家の問題だ。

とりあえず体罰と客との喧嘩はやめさせるとして、できるだけ早く売上と利益を作らなければ。

そのためにも、開発中の魔導具は失敗するわけにはいかない。

そんなことを考えていたときだった。

「よし、終わりだ。あとは新しい基板を埋め込むだけなんだが……ローランドのやつ、基板を持って来るだけなのに、どんだけ時間がかかってるんだ」

顔を顰《しか》めたダンカンが立ち上がろうとした瞬間、奥の作業場から暗い顔をしたローランド青年が戻ってきた。

「遅《おせ》ぇっ」

ダンカンが一喝する。

青年は「すみません」と慌てて謝罪すると、私と工房長を交互に見て、こう言った。

「この型の魔導回路基板なんですけど……在庫切れみたいなんです」

「はあ!?」

ダンカンが目を剥いた。

4

「在庫がねえって、あの型の基板は割と使うだろ。なんで在庫切れしてるんだ!?」

ダンカンの叱責に、ローランド青年が口ごもる。

「そ、それはその……。あまりに仕入れると職人たちへの給金が払えなくなるので、前の月に使った分だけ手配して――」

「馬鹿野郎っ！　それで欠品させたら、修理もできねえじゃねえか!!」

「ひぃっっ」

ローランドさんは涙目で萎縮してしまった。

彼は悪くないのに。

悪いのは――

「工房長、彼を責めるのはやめてあげてください。私がなんとかしますから」

「ああ？」

ブチ切れ寸前、といった顔で私を振り返るダンカン。

「『なんとかする』って、どうするんですかね、お嬢様？　在庫がなけりゃコイツの修理もできないし、モノが入って来るまで同じ基板を使う修理は全部ストップするんだぜ？」

工房長は顔を真っ赤にしてまくし立てる。

気持ちは分かる。彼が悪い訳でもない。

これは経営の問題だ。

ローランドさんは、むしろ苦しい中でよくやり繰りしていると思う。

だからこそ、ここは経営側《うち》がなんとかしなければ。

「ローランドさん。とりあえずいくつあれば来月までしのげそうですか？」

私の問いに、ローランドさんが慌ててパラパラと台帳を確認する。

「一〇枚……いえ、五枚あればなんとか」

「分かりました。では、私の開発用ということで一〇枚急ぎで手配をかけてください」

「え!?　でも、それは……」

「開発費の流用ですが、四の五の言っている場合ではないでしょう。このままではお客さまに迷惑がかかってしまいます。発注書と指示書には私がサインしますから、お願いします」

「わ、分かりましたっ！」

今日手配をかければ、一週間程度で入荷するだろう。

オウルアイズ領の基板工房には、ある程度の数の完成基板を在庫している。

「あんた……」

ダンカンが目を丸くして私を見ていた。

「とりあえずこれで他の修理は大丈夫でしょう」

「あ、ああ」

「あとは目の前の剣の修理ですが……これは私が引き継ぎます」

「え？　いや、引き継ぐったって、交換基板がないんだぜ？」

「分かってます。――アンナ、私の工具を」

「はい、お嬢さま」

カウンターに四角い工具鞄を平置きし、留め具をはずして上側を持ち上げるアンナ。

鞄の中には、私専用の魔導工具が整然と収められている。

「私が壊れた基板を直します」

「な、なんだって!?」

工房の三人が大声でハモった。

「直すって……基板は壊れたら直せないだろ？」

ダンカンが叫び、あとの二人がコクコクと頷く。

――精密部品である基板は、壊れたら直せない――。

これは我が国の魔導具業界の常識。

我が家の祖、イーサン・エインズワースが開発し、今に至るまで製法を独占している魔導回路基板の土台基板《ベース》。その材料は、低級魔物のスライムを特殊な方法で焼結した『スライム樹脂』だ。

魔力絶縁性のある樹脂にごく微細な溝を彫り込み、その溝に魔導金属《ミストリール》を流し込んで作るのが魔導回路基板。

このスライム樹脂の基板は、魔力絶縁性と加工性に優れているのだけど、唯一、魔力と熱を同時に加えたときに溶けてしまうのが難点だったりする。

物理的な衝撃以外で魔導基板が壊れるのは、大体、魔導金属線《ミストリール》に過剰な魔力がかかって線が切れたときなのだけど、その際に発生する熱と魔力が、周りのスライム樹脂を溶かしてしまうのだ。

だから、基板は使い捨てにせざるを得ない。

『壊れたら交換する』――それが業界の常識。

ただまあ、常識というのは乗り越えるためにあるわけで……。

私は、ダンカンの問いに答える。

「そうですね。直すというより『溶けたところをならして線を引き直す』感じかしら」

「引き直すって……基板の線幅なんて通常線の半分以下だろ？　どうやってそんな線引くんだよ」

「そこはまあ、腕《ウデ》ですよ」

私は微笑した。

5

一五分後。

「さあ、これでどうでしょう？」

私は右眼につけた拡大鏡をおでこにずらし、修復した基板をダンカンに渡した。

工房長は、受け取った基板を回路検査機に挿入し、スイッチを入れる。

しばしあって――

「動いてやがる」

ダンカンは茫然と呟いた。

「ちょっ、僕らにも見せてください！」

続いてローランドさんとジャック少年が検査機の結果表示器を覗きこんだ。

「本当だ！　全機能正常《オールグリーン》っ!!」

興奮して叫ぶローランドさん。

ジャックは完璧に修理された基板を凝視し、固まっている。

ダンカンはドヤ顔の私をみた。

「信じられん。まさか、手作業で基板を直しちまうなんて……。ひょっとしてこれは、伯爵家に伝わる特殊技能なのか？」

「残念ながら違います。当家に伝わるのは主に設計の技術なので。私の魔導具製作のお師匠さまはオウルアイズ工房のゴドウィン工房長ですよ」

「あの偏屈じいさんか!!」

ぶっ。

思わず噴き出しそうになった。

「偏屈って……。まあ、厳しい方ではありますけど。でも真摯に向き合えばきちんと教えてくださいますよ？」

「そこに辿り着くまでに、ほとんどの奴が挫折しちまうだろうが」

「たしかに」

妙に共感してしまい、ふふ、と笑うと、ダンカンも片頬を吊り上げて笑った。

修理済みの基板をダンカンが剣の鍔下に嵌め込み手際よく組み立ててゆく。

私は、新品に交換するため柄頭から取り外された使いかけの魔石を手に取った。

その石は、わずかに濁った赤い光を湛えている。

「さて、お客さま」

私は興味深げに修理作業を見ていた男性客に声をかけた。

「あ、はい」

背筋を伸ばし、居住まいを正す剣士。

「これで今回の再修理は終わりとなりますが――」

私は手のひらを広げ、修理した魔導剣に入っていた魔石を相手に見せた。

「この魔石、よその工房《おみせ》で買われたものですよね？」

「えっ、それは、あの……」

突然魔石のことを尋ねられ、言葉に詰まる剣士。

私は言葉を続ける。

「この魔石ですが、中の魔力が十分に安定化されておりません。これでは出力が不安定で魔導回路に過負荷がかかり壊れてしまいますよ。恐らく前回の故障はこの魔石を使ったことが原因かと」

「そんな……」

絶句するお客さま。

私は心底困った顔をした。

「当工房の魔導武具は、うちで加工した魔石を使うように最適化してあるんです。お買い上げの際にご説明させていただくようになっているのですが」

「そういえば、そんな話を聞いた気も……」

「よその魔石に交換されたのは、なぜです？」

「そ、それはその。こちらの純正品はすごく高いので」

それはそうだろう。

「当工房の魔石は、魔導具が最高のパフォーマンスを発揮できるように、そしてできるだけ魔石が長持ちするようにと、魔力の安定化のために手間ひまとコストをかけて加工してあるんです。ひょっとして他店の魔石に替えてから、魔導刃の出力や切れ味が落ちませんでしたか？」

私の問いに、考え込む剣士。

「……そう言われてみれば、たしかにリーチは短くなったし、切れ味も悪くなった気がします」

私は頷いた。

「うちの製品は他店に比べて高価かもしれません。ですが『高いなりの理由』とそれだけの『性能と品質』がある。そう思っていただけると嬉しいです」

「あの、すみませんでしたっ！」

私が微笑むと、剣士は深々と頭を下げたのだった。


「それでは、またのお越しをお待ちしておりますね」

修理が終わり、笑顔でお客さまを送り出したあと。

ふう、とひと息ついた私に、工房長のダンカンが話しかけてきた。

「いいのか？」

「何がです？」

訊き返した私に、ダンカンは微妙な顔をした。

「タダで修理した上に、新品の魔石までつけてやっただろう。あそこまでしてやる必要はないんじゃねーか？」

「今回はこれで構いません。あの方がうちの魔導武具の正しい理解と評判を冒険者の皆さんに広めてくだされば、広報費用として決して高くはないでしょう。魔石の仕入れ費用は私の開発費として処理しますから、工房に迷惑はかけませんよ」

「そうかよ」

「はい」

仏頂面のダンカンに、笑顔で頷く私。

最初に比べれば、いくらかは互いのことを知れてきただろうか？

私はその流れで彼らに切り出した。

「皆さんの実力と工房の現状が分かりました。皆さんは、与えられた条件下でよく頑張ってくださっていると思います」

ダンカン、ローランド、ジャックの顔に「え？」というクエスチョンマークが浮かぶ。

「そこで、あらためてお願いします。私の新しい魔導武器の開発に、皆さんの力を貸してください」

私が深々と頭を下げると、三人は慌てて首肯した。

6

「これは……クロスボウか？」

カウンターに広げた全体図面を見たダンカンは眉をひそめた。

クロスボウというのは、鋼鉄製の『ボルト』という短く太い矢を木の台座に取り付けた板ばねの弦《つる》で飛ばす弓の一種だ。東洋では同様のものが『弩《いしゆみ》』と呼ばれていた。

「どうしてそう思ったんです？」

私が問うと、彼は図面のある場所を指で叩いた。

「引き金がある。だが、矢をつがえる場所も弦も見当たらないな。それに……なんだこの筒は？」

「それは銃身と言います。筒の中に矢の代わりとなる鉛の弾丸を込め、魔導によって射出して敵に撃ち込むんです。この武器は一見クロスボウに似ていますが、実は全く異なる新しい武器なんです」

「新しい武器？」

「はい。クロスボウは『弓』の一種ですが、これは『銃』という全く新しい種類の武器です。今回作るのは、その中でも兵士一人ひとりが携行して使う『小銃《ライフル》』になります」

私はあらためて自分が描いた図面に目を落とした。

そこに描かれているのは、間違いなく夢の中の地球にあった『銃』だった。

全長一m弱。左手で銃身を支え銃床を右肩に当て、右手の人差し指で引き金を引く『小銃』である。

形で言えば、短めの三八式歩兵銃……いや、騎兵銃といったところか。

銃身内にらせん状の溝――ライフリングが刻まれていないため、正確にはライフルではない。

が、代わりに弾道安定化の魔導回路を組み込んであるため、私はこの銃を『魔導ライフル』と呼ぶことにしたのだった。

「普通の弓やクロスボウとどう違うんだ？　どういうメリットがある？」

「弓は速射性に優れますが、相当な訓練をしなければ使いものになりません。クロスボウはそこまで訓練しなくても扱えますが、弦を引くのに力が必要ですし、装填に時間がかかるので速射性に著しく劣ります」

私は弓を引く動作をした後、クロスボウに矢をつがえるポーズをしながら説明する。

「ですがこの小銃なら、魔石一個で五発程度までなら銃口からの弾丸の装填のみで速射できますし、照準も簡単です。極端な話、私のような子供でも短期間で優秀な射撃手に早変わりするんですよ」

「おいおい。そりゃあすげえが、魔物狩りや戦争に子供を駆り出すってのはさすがに……」

引き気味のダンカン。

私は笑った。

「もちろん今のは例え話です。私が言いたかったのは『この武器の開発に成功すれば、剣と槍に頼っていた歩兵の射程と攻撃力が飛躍的にかさ上げされる』ということです。私はこの武器を、国王陛下に直接売り込もうと思っているんですよ」

「国王に⁉　そんなことが可能なのか？」

驚き、顔を見合わせるダンカンたち。

そう。貴族とはいえ、うちは数ある伯爵家のひとつに過ぎない。わざわざ個別に時間を取ってもらうなど、本来ならあり得ない話。

だけど今回は向こうの事情での謁見だ。

うちがその機会をどう使うかについて、ある程度の希望を通す余地はあるはず。

――例えば、私が開発した魔導具を献上するとか。

「とある事情で、私と父は三週間後に国王陛下に謁見します。その際に私自身の手でこの武器をデモンストレーションして献上するつもりなんです。もし、そのデモがうまくいけば――」

「国から大量の発注が舞い込むのか！」

興奮し、食い気味に叫ぶダンカン。

私は彼に頷いた。

「その通りです。うまくいけば工房の財政を立て直せますよ」


私が新しく開発する魔導具に小銃を選んだのには、いくつか理由がある。

一つ目は、陛下にとって――国にとって魅力があること。この世界ではちょっと森や山に入ると魔物が跋扈《ばっこ》し、数年に一度は周辺国との領土紛争が発生している。いまだ剣と弓、そして魔法でそれらに対処せざるを得ないこの国にとって火器の発明は相当なインパクトがあるはずだ。

二つ目は、短期間で開発が可能であること。陛下への二度目の謁見に間に合わせるため、複数の要素技術開発が必要な魔導具は見送らざるを得ない。その点、小銃であれば既存の技術の組み合わせで対応できる。

そして三つ目。実はこれが一番大きいのだけど、大切な人たちと自分を守るために早急に武器が必要だと考えたからだ。回帰前の私は戦争で上の兄を喪《うしな》っている。それが今から四年後のこと。その未来を覆すため、そして最悪の場合、国を敵にまわしても家族と大切な人たちを守り抜くことができるように、私は武器の開発を決めたのだった。

7

工房からの帰り道。

私は行きの気持ち悪さが嘘のように回復し、馬車の中で鼻歌を歌っていた。

「ご機嫌ですね、お嬢さま」

上機嫌の私に温かい視線を向けてくるアンナ。

「それはそうよ。一時はどうなることかと思ったけど……彼らなら、きっとうまくやってくれるわ」

私は先ほどの様子を思い出しながら頷いた。


あの後。

ダンカンは「できる限りの協力をする」と言って、作業中の職人たちに声をかけ工房中の人を集めてくれた。

奥の工房から出てくる職人たち。

その数、わずかに五人。

しかもなんと、三人が高齢のおじいちゃんで、若手は二〇歳くらいのヤンキーっぽい青年が一人だけ。残る一人はパートのおばちゃんだった。

「ウソでしょ……」

私は呆然と立ち尽くした。

ダンカンたちを含め、総勢八名。

王都工房は、私の想像の斜め上をゆく惨憺《さんたん》たる状況だった。

「ありゃ、もうメシかいのぅ？」

「おまさんさっき食っとったじゃろうが」

「こ、腰がはぁああ……」

これじゃあダンカンが工房長をやるしかない。

だって、他に引き受けられそうな人がいないのだから。

全盛期には三〇名を超える職人を擁したエインズワース王都工房は、今や風前の灯火だった。

あまりの現実を前に、私が抜け殻のようになって突っ立っていたときだった。

「なんじゃこりゃ？」

真ん中にいた貫禄のあるおじいさんが、カウンターに広げた図面を覗き込んだ。

「あっ？　こりゃあ新しい杖かいのぅ？」

「つ、杖ぇえ？　……腰ぃひぃっ」

「ぁあっ？　なんだって⁉」

「物干し竿かしらねえ？」

わらわらと図面の周りに集まってくる職人たち。

皆で「あーでもない」「こーでもない」と言い合ってると、例の貫禄ある老職人が工房長に尋ねた。

「ダンカンよ。こりゃなんじゃ？　見ようによっちゃ武器にも見えるがの」

「当たりだ師匠。俺もそこの嬢ちゃんに聞いたんだが、新しい魔導武器らしいぜ」

え？

し、師匠？？？

ダンカンのお師匠さまってことは、つまりこのおじいちゃんが先代の工房長⁉

――そりゃあ、倒れもするだろう。

年齢的に。


私が驚いていると、先代工房長は穏やかな目でこちらを見た。

「この図面、あんたが描いたんか？」

「はい。これを作るために皆さんに協力していただこうと思って、今日はこちらに伺いました」

「そうかいそうかい」

わずかに微笑んだ先代は、今一度広げられた図面に視線を落とそうとして……カウンターの端に置かれた私の工具鞄に目を留めた。

視線がくぎづけになる。

「んん⁇」

彼はそこに描かれたものを凝視していた。

蔦とフクロウの紋章——オウルアイズ伯爵家の紋章だ。

その目が、大きく見開かれる。

先代は再び私に向き直った。

「ひょっとして……お前さん、伯爵様の？」

カタカタカタ、と。

カウンターに置かれたおじいさんの手が、微かに震える。

なんだろう？

反応が尋常じゃない。

「ええと、はい。オウルアイズ伯爵家長女、レティシア・エインズワースと申します」

戸惑いながら私が名乗った瞬間、

「お、おお……」

目の前のおじいちゃんは目から大粒の涙をぽろぽろと落として——その場にくずれ落ちた。

「お、おじいさん⁉」

「師匠!?」

「おい、じっちゃん！　どうしたんだよ!?」

カウンターごしに身を乗り出す私とダンカン。

慌てて先代に駆け寄るジャック。

先代はジャックを手で制すと、ゆっくりと立ち上がり私を見つめた。

「わしは……わしらは、ずっと待っておったんです。伯爵家の方が再びこの工房を訪れ、新しい魔導具を披露してくださる日を」

「ずっと、待っていた？」

尋ねる私に、号泣しながらコク、コク、と頷く先代工房長。

隣に立つヒョロっとしたおじいさんが、代わりに口を開いた。

「わしらが見習いで入った頃は、当時の伯爵様——先々代様も、何年かに一度はまだ新しい魔導具をお披露目にこちらに来られたものですじゃ。あの頃はまだ職人も二〇人ばかりいて、活気もあって……うぅっ」

昔を思い出したのか、このおじいさんも泣き出してしまう。

それを見た小柄なおじいさんが、腰をさすりながら言葉を引き継いだ。

「それが先代、今代の御当主様と、代替わりされるたびに工房に来られる機会が減ってしもて……。売上も落ちて、若いもんもひとり減り、ふたり減り……くぉっ、腰がぁっ!?」

悶絶する腰の悪いおじいちゃんに代わって、最後に先代工房長が涙を拭いながら口を開いた。

「だからわしらは、ずっと信じて待っておったんです。いつの日か、きっと伯爵家の方が戻られ、この王都工房で新しい魔導具を披露してくださると。そしてこの工房に、活気と、ほ、誇りをっ、取り戻してくださるに違いないと……っ!!」

再び号泣するおじいちゃんたち。

彼らの想いが、波のように私の心に押し寄せた。

この人たちは、一体どれほどの時を耐え忍んできたのだろう。

いつまで待っても出てこない新製品。

落ち続ける売り上げ。

ひとり、ふたりと辞めてゆく弟子たち。

主に顧みられることもなく。

光の当たらぬ場所で、ただ修理のみを任される。

どれほどの想いがあれば、ここまで耐えられるのだろう?

気がつくと、私の顔は涙でぐちゃぐちゃになっていた。

「みんな……みんな、ごめんなさい。私たちが新しい魔導具を作れないでいる間、ずっと待っていてくれたんだね。本当にごめんなさい。みんなの期待を裏切ってごめんなさいっ。……私、約束する！　この新しい魔導武器で、絶対に、絶対に、この工房を立て直してみせるからっ!!」

「お、お嬢様ぁっ!!」

私たちは手をとり合い、ずいぶん長いこと泣きあったのだった。

「なるほど。つまりこの長い銃身は、長手方向に弾道を安定化させる回路を組み込み、命中精度を上げるためにある訳ですな？」

皆が落ち着いた後。

私が魔導ライフルの説明をすると、全員が真剣な眼差しで図面を分析し始めた。

「先端が軽すぎると、反動で跳ね上がって命中率が悪くなりそうじゃのう」

「とりあえず今回は大きめに土台を作って、最後に木を削って重心のバランスをとって仕上げるのがよかろうて」

「肉つけ過ぎると持ちづらくなんだろーがよ！　お？」

次々と意見を出し合う職人たち。

その姿は、私の心を震わせた。

——彼らなら、きっと良いものを作ってくれる。

そう確信させる光景だった。

第5章　二人の兄と、お披露目会

1

それから一〇日間。
私は猛烈な勢いで部品の詳細設計を進めながら、王都工房と屋敷を行き来していた。
本気を出した王都工房の仕事は迅速で、次々と加工用の素材が入荷してくる。
彼らは、自分たちが持つ古い伝手《って》を使い、怒涛のような勢いで素材をかき集めていた。
最低限必要な素材だけじゃない。
木材ひとつとっても、比較のためにさまざまな特性のものを取り寄せていた。
さらに全体図を元に、自分たちで自主的に入ってきた素材の粗加工を始める始末。
もはや工程のボトルネックは、完全に私だった。
そんな状態が続くと——
「なあ、お嬢様。図面まだかよ？」
屋敷の研究室にまで図面を督促にきたジャックに、私は、
「ちょっと待ってええええ!?」
製図台に向かいながら悲鳴をあげたのだった。

「お、終わった……」

椅子に崩れ落ちる私。

「お疲れさん。図面はたしかに預かったぜ。じゃあな！」

楽しそうに図面を抱え、研究室を出てゆくジャック。

「このぉ、他人事だと思って……」

思わず恨みごとが口から漏れる。

そのとき、隣の炊事場から爽やかな香りが漂ってきた。

「お疲れさまです、お嬢さま」

優しい笑顔で紅茶をデスクに置いてくれた侍女に、私は抱きついた。

「アンナぁ。私のことを労《いた》わってくれるのはあなただけよぅ」

「よしよし、よく頑張りましたね！」

頭をなでてくれるアンナ。

彼女のよしよしって、なんでこんなに癒されるんだろう。

そうして私が思う存分アンナ分を補給していたときだった。

　コン、コン
誰かが扉を叩く音。

ひょっとして、ジャックが何か忘れ物でもしたのだろうか？

「どうぞ」

私が声をかけると「やあ、失礼するよ」と、聞き覚えのある男性の声が聞こえ、扉が開いた。

そこに立っていたのは、明るい茶髪に眼鏡をかけた知的な顔立ちの青年。

その姿を見た瞬間、

「ヒュー兄さまっ！」

「えっ、ちょっ、まっ――」

ドスンッ
私は半年ぶりに顔を見る兄に駆け寄り、勢いよく抱きついたのだった。


次兄のヒューバートは、私の三つ上の兄だ。

今年の春に王都の学園に進学し、今は寮生活をしながら学業に勤しんでいる。

「レティ。お城で倒れてからずっと目を覚まさなかったと聞いたけど、体調は大丈夫なのかい？」

ひとしきり抱きついたあと私が体を離すと、兄は心配そうに尋ねてきた。

「心配させてしまってごめんなさい。目覚めてから二日くらいはスープしか喉を通らなかったけど、今はちゃんとご飯も食べられるようになったから。体力も戻ってきたし、たぶん大丈夫」

「そうか。本当はもっと早くお見舞いにきたかったんだけど、病み上がりに負担をかけたくなかったから兄貴と相談して少し日を置いたんだ。だけどまぁ――」

そこで言葉を止め、ちら、と私の背後を見る。

私もつられて振り返った。

「あ……」

机の上に乱雑に広げられた何枚もの図面。

さらに製図台の周りには、ボツになった紙が足の踏み場もないくらいに散らかっている。

「この様子なら大丈夫だね」

苦笑するヒュー兄さま。

「もうっ。お兄さま、いじわるです！」

私は思いきり頬を膨らませたのだった。

2

その夜。

晩餐の場には、お父さまとヒュー兄さま、私のほかに、もう一人の家族が座っていた。

「レティ。大事がなくて本当によかった」

ハイエルランド王国第二騎士団の団服に身を包みそう言って微笑んだのは、黒に近いグレーの髪と瞳を持つ長身の男性。――七つ上の長兄、グレアムだ。

「グレアム兄さま、心配させてしまってごめんなさい。おかげさまでこの通り元気になりました」

私の言葉に頷くグレアム兄。

「あれだけ元気に体当たりができるなら、大丈夫だな」

苦笑気味に笑う上の兄。

もちろん彼も、再会したときに私の抱きつき攻撃の洗礼を受けていた。

「ああ、それ僕もやられたな。兄貴みたいに鍛えてないからお腹に響いたよ」

そう言って笑うヒューバート兄さま。

「むう……愛情表現ですのに」

ふくれっ面をする私に、グレアム兄は「わかってるよ」と笑った。

穏やかな雰囲気。

優しい時間。

だがそこで、波乱が起こった。

「わ、私も……」

それまで黙って見ていたお父さまが口を開いたのだ。

「私も先日、レティに抱きつかれたぞ」

うんうん、と頷きながらそんな告白をする父。

やめて恥ずかしい。

だけどそんなお父さまを見た兄さまたちは、

「「えっ……」」

見事に固まった。

まさか、である。

こんな兄妹のじゃれあいに、あの無愛想かつ威厳のかたまりのような父が参戦してこようとは。

兄たちは何か『見てはならないものを見てしまった』というように目を丸くして固まっていた。

だけど、お父さまの情け容赦ない独白は続く。

「あのときは確かレティのお腹がなって、そのままベッドまで抱えて運んだのだったな」

（いやぁあああああっ!?　やめて恥ずかしいぅわぁああああああっ!!）

心の中で叫ぶ私。

カチャン、カチャンッ、とナイフとフォークが皿に落ちる音。

兄たちは、今度は口までぽかんと開けて固まっていた。

「「…………」」

（やめて、この空気。居たたまれなさ過ぎる――）

私は止まった時間を動かすべく、必死で言葉を探した。

「お、お父さまっ。あらためて言われると恥ずかしいです……」

「そ、そうか。すまんな」

カクカクと謝るお父さま。

ええと、分かってくれた？

「しかしあのときのレティは、健気でかわいかっ……」

「ぅわぁあああああっ!!」

私は慌てて席を立ち、お父さまの口を押さえたのだった。

3

夕食の惨劇からしばし。

私たちは居間に移動し、和やかに食後のお茶を楽しんでいた。

「なんにしろ、レティが回復してよかった」

お父さまの言葉に頷く兄たち。

先ほどのあれはアレとして、おかげで父と兄たちの溝は驚くほどの勢いで埋まりつつあった。

「ところで父上、王城で何があったんです？」

ヒュー兄さまがやや厳しい顔で父に尋ねる。

「兄貴から『レティが第二王子と婚約することになった』って聞いたけど」

「う、うむ……」

珍しく居心地が悪そうに口ごもるお父さま。

様子を見るに、どうやらお父さまはヒューバート兄さまにまだ婚約の件を話していないらしい。

ヒュー兄さまに続いて、今度はグレアム兄さまが口を開いた。

「その件は俺も詳しく知りたい。あと婚約の理由も。父上からの手紙には『王から申し入れがあった』としか書かれてなかったから」

「う、うむ……」

さらに口ごもるお父さま。

まさにコミュ障極まれりね。

仕方ない。私から説明しよう。

私は兄たちに、自分が知っていることを話したのだった。


「その婚約、断るべきですね」

ヒュー兄さまが苦々しい顔で言った。

「まだ成人していないとはいえ、第二王子もそろそろ分別を弁《わきま》えなければならない年齢です。建国の功臣であり、長年にわたり王家に忠誠を捧げてきた我が家門に対し、あまりに礼を失しています。それに相手がそんな状態では、レティが幸せになれるとは思えません！」

だんっ、とテーブルを叩く。

理知的なヒュー兄には珍しい、感情を露わにした発言。

私はその様子に驚きながら、一方で胸の奥が温かくなる。

「………」

怒る次兄に対し、長兄のグレアムは腕を組み厳しい顔で考え込んでいた。

そして、しばしの熟考のあと顔をあげる。

「父上。アルヴィン王子にいらぬことを吹き込んだのは、やはり王党派でしょうか？」

「……断言はできないがな。我が家門は中立ではあるが、武家ということもあり第一王子からの信も厚い。またうちが新貴族ということもあるだろう。彼らが『エインズワースの娘が自分たちが推す第二王子と婚約するのは許せない』と考えるのは、あり得る話だ」

お父さまはこぶしを額に当て、険しい顔で息を吐き出した。

今、このハイエルランド王国は、大きく三つの勢力に分かれている。

旧来の伝統に則《のっと》り、王家・旧貴族の血族を中心とした国家運営を目指す『王党派』。

王制を維持しながらも、新貴族の声も反映される元老院を中心とした政治を推し進める『元老院派』。

そしていずれにも与《くみ》せず、王家・王国への忠誠のみを掲げる中立派だ。

このうち我がエインズワース家は中立派に分類される。

別に、中立派貴族で徒党を組んでいるわけではないけれど……。

ちなみに旧貴族というのは前王朝時代からの古い家門のことで、広大な領地を持つ大貴族や法衣貴族が多い。

新貴族というのは、建国戦争で功をなし取り立てられた平民を由来とする家門で、武家や商家が多いのが特徴だ。

「王党派の方々は、アルヴィン王子を次期国王にと推しているのですよね？」

私の問いに、お父さまが頷いた。

「ああ。第二王子の母君――王妃殿下は旧貴族筆頭のオズウェル公爵家の出であられるからな。王党派の者たちから見れば、アルヴィン王子こそが正統な血統。第一王子とはいえ母君が新貴族の侯爵家出身であるジェラルド殿下が王権を継ぐのは言語道断、ということなのだろう」

「では、なおさらレティが第二王子に嫁ぐのは好ましくないでしょう」

粘り強くお父さまに訴えるヒュー兄。

そんな弟に、グレアム兄さまが目を瞑《つむ》ったままぼそりと呟く。

「だが、王命だ」

「…………」

ヒュー兄は、長兄の正論に黙りこんでしまう。

そこで、お父さまが兄たちに問うた。

「この際、王命であるということはひとまず置いておこう。グレアム、ヒューバート。お前たちはこの婚約に賛成か？　それとも反対か？」

「「反対です！」」

即答する兄たち。

そんな二人を一瞥し、その後で今度は私の方を見るお父さま。

父は大きく頷くと、

「……そうか。実は私も反対だ」

そう言って微笑んだのだった。

4

お父さまは兄たちに、先日の男爵位継承の話を始めた。

エインズワース男爵位が戦爵であること。

故に、私でも継承可能なこと。

その継承の根拠となる実績が必要であること。

そして今、私がその実績となる魔導具づくりに取り組んでいること。

「さらにつけ加えるなら、円満な継承のためにお前たちの同意と推薦があると望ましいが……」

「もちろん同意します」

「推薦状を書きましょう」

二人とも、またしても即答である。

私は兄たちとお父さまに感謝した。

「しかしレティ。いくら僕たち兄妹の中で一番魔導金属《ミストリール》に愛されてるとはいえ、そんなに短期間で新しい魔導具を用意できるのかい？」

心配そうに尋ねるヒュー兄。

ちなみに『魔導金属に愛される《ミストリール》』という表現は、職人における『神の手《ゴッドハンド》』みたいなもので、魔導具設計において天才的なひらめきや突出した実力を持つことを表す言葉だ。

私は兄の問いに頷いた。

「はい。なんとか今日、最後の部品図面を出図できました。まだ回路の設計と実装が残っていますが、王都工房も全力で製作に取り組んでくれていますし、今の進捗状況なら次の週末には試作一号品ができあがっているはずです。調整を含めても、王陛下への謁見までには十分間に合うと思います」

「ああ、なら良かった。──しかし、そうか。来週の週末か。よかったら完成した魔導具を見たいんだけど、見に来てもいいかな？」

「はい。ぜひご覧になってください」

私が笑顔でそう答えると、

「それは俺もぜひ見たい」

「私もだ」

即座にグレアム兄とお父さまが釣れ……参戦してきた。

うん。なんだろう、この入れ食い状態。

「も、もちろんです。お父さまもお兄さまたちも、ぜひ感想を聞かせてくださいね」

「うむ」

「もちろんだよ」

「俺の主観でよければ」

はは……モテモテだ。

こうして一週間後、関係者を集めてのお披露目会の開催が決まったのだった。

5

家族会議から一週間後の週末。

エインズワース邸の庭には、多くの人々が集まっていた。

その数、ざっと五〇人。

父と兄たちのほか、王都工房の人たちや、はるばるオウルアイズ領の工房からやってきた職人たち。

その他、木工関係の材料屋さんや外注さんなど、魔導ライフル開発に協力してくれた人々。

さらには王都在住の親戚や、なぜかグレアム兄の同僚の騎士たちまで見学にやって来るありさまだった。


「うぅ……緊張してきた」

大勢の人々を前に気後れしていると、傍らに立つアンナがそっと耳打ちしてくれた。

「大丈夫ですよ、お嬢さま。頑張って最後の仕上げをなさっていたではありませんか。お嬢さまの努力の成果を、お世話になった方々に見てもらいましょう」

「そうなんだけどね……」

観客たちは、庭の池をぐるりと半周するように場所をとり、興味津々といった顔で、私と、傍らのテーブルの上に置いた魔導ライフルを眺めている。

なんとも言えない圧迫感。

こんなに注目されるのは、回帰前の第二王子との婚約発表パーティー以来だ。


あのときも最悪だった。

皆の注目を浴びる中、二人踊ったファーストダンス。

一見優雅に踊りながら、彼は見えぬところで私を手荒く扱った。

思わず顔をしかめるほど力をこめられた手。乱暴なリード。

私は人形のように振り回された。

――思い出すと、悔しさで泣きそうになる。


そんな私を見ていたアンナは、片ひざをつき、私の手を包み込むように握った。

温かい手。私を慈しむ手。

その優しい瞳が、まっすぐ私を見つめる。

「お嬢さまは今日、この魔導具で世界を変えられるんです。未来を切り開かれるんです。それは、この世界の誰にも……レティシアお嬢さまにしかできないこと。何を気後れすることがありましょう？」

アンナはそう言って微笑むと、最後にこうつけ足した。

「お嬢さまなら、きっと大丈夫です。――私の小さな女男爵さま」

胸の奥から熱いものが、勇気が込み上げてきた。

「ありがとう、アンナ。勇気でた」

私はアンナの頬にキスすると、私を待っているお父さまのところに歩いて行った。


「お父さま、お待たせして申し訳ありません」

「始めても大丈夫かい、レティ？」

私の緊張を察したのか、お父さまの言葉が柔らかい。

私は、大きく頷いた。

「はい、お願いします！」

父は頷くと、観客に向かって声を張り上げた。

「諸君！　今日は我がエインズワース家の新作魔導具披露会によく集まってくれた。すでに知っている者も多かろうが、今回披露する魔導武器は、我が娘レティシアが考案・設計し、工房の職人たちとともに製作したものだ。その名を『魔導ライフル』という。私はこの武器が世界を変え、歴史を変えるものであると確信している！　諸君もぜひ、その威力をその目で確かめて行って欲しい」

お父さまの朗々とした演説に、皆の注目が私たちに集まる。

続いてヒュー兄さまがアナウンスを引き継いだ。

「それではこれより試射を行います。魔導ライフルはこれまでにない『銃』という種類の飛び道具です。標的は池向こうに設置した板金鎧《プレートメイル》と魔導盾《マジックシールド》。それらを我が妹レティシアが自ら狙い撃ちます。皆、まばたきをせず、しかとご覧ください！」

そう言って私を振り返り、ウインクするヒュー兄。

その茶目っ気たっぷりの仕草に、思わず笑ってしまう。


ガヤガヤと観衆がざわめく。

「え、あの子が撃つの？」

「伯爵家のお嬢様だろ」

「鎧はともかく、盾を撃ち抜くのは難しいだろうさ」

そんな声が聞こえる。

つかみは上々。

——そう思ったときだった。

「あんだと、ゴラァ。お嬢があれしきの盾も抜けねえ武器を作るってえのかよ？　お⁉」

「うちの工房をバカにしてんじゃねーよ」

「はっ、言わせとけ。結果を見りゃあそのトンチキも腰をぬかすだろうぜ」

「こ、腰がはあああ⁉」

ぶっ、と噴き出す私。

言うまでもない。王都工房の人たちだ。

「レティシアお嬢様っ、頑張ってくださあぁい！」

二体のクマが描かれた手製の旗を振りながら叫ぶローランド青年。

やめて恥ずかしい……。

顔を覆った私に、ヒュー兄が笑いながらひと言。

「レティ、愛されてるなーー」

「笑いごとじゃないですよぅ」

頬を膨らませた私の頭を、兄は楽しそうになでたのだった。

6

さて、私の番だ。

みんなのおかげですっかり気持ちがほぐれた私は、カーテシーで観客の皆さんに挨拶すると、傍らのテーブル上の受け治具に置かれた魔導ライフルを手に取った。

銃を右手に持ったまま左手で肩掛けのポーチを探り、今回使用する弾丸を取り出す。

それは文字通りの鉛玉。

直径八㎜。

火縄銃などと同じ球形の弾丸で、薬莢《やっきょう》はない。

これは、わざとだ。

王権がうちの家門に牙を剥く可能性がある以上、国に納入する銃は火縄銃を強化した程度のものに抑える。

それでも他国との戦いでは、十分に威力を発揮できるはず。

私は銃を立て、銃口から弾丸を入れる。

弾はカラカラと下に落ち、やがて止まった。

地球の銃と違い口径に対して弾径を僅かに小さく作ってあるため、筒先から槊杖《カルカ》で押し込む必要はない。

この辺り、燃焼ガスのガス圧で弾丸を飛ばす火薬式の銃と、今回私が作った魔導銃は大きく異なる。

私の銃は、魔法の力で弾丸を瞬間的に加速して銃身から撃ちだしたあと、銃口の先で魔法陣を展開して弾丸をさらに爆発的に加速する。

要するに、二段加速方式をとっている。

銃身には弾道を安定させる魔導回路が仕込んであるため、銃身内径と弾丸外径のギャップも問題にはならない。

これによって、子供の私でも撃てる極めて反動の少ない小銃が完成していた。

「それでは、いきます！」

私は傍らの父と兄に声をかけると、魔導ライフルを構えた。

狙いは三〇mほど先の対岸に置かれた鎧と盾。

そのうち、まずは鎧を狙う。

左側面の切替レバーを操作して安全装置を『0《セーフティ》』から『1《射撃》』へ。

銃床を肩に密着させ、機関部上に設置した照門を覗き込む。

その状態で引き金を半分だけ引くと、ブン、という音とともに銃口の先に魔法陣が現れ、機関部と銃身の一部が青白く光り始めた。

「「おおっ……！」」

観客たちが息を呑む。

私は照門のV字に、銃口上の照星と狙う鎧が重なるように角度を合わせ——静かに引き金を引いた。

タンッ、という音とともに伝わる振動。

その瞬間、筒先の魔法陣が輝きを放ち、バフッという空気の衝撃とともに光弾が加速された。

発砲と着弾は同時。

ババンッ、という音がして標的の鎧が揺れる。

「おおーーっ!!」

観客たちから感嘆の声があがった。

ここからでもはっきりと見える、鎧に穿《うが》たれた丸い穴。

音からして貫通したのは間違いない。

続いて、第二射。

私は再び銃口から弾丸を装填すると、速射性能をアピールするため、すぐに射撃姿勢に入る。

トリガーを軽く引き魔導回路を起動。

照星を標的の魔導盾に合わせ、そのままトリガーを引ききる。

ダバンッ!!

先ほどより大きな音がして魔導盾が弾け飛んだ。

「「おおおおっ!!!!」」

屋敷の庭が、観客たちの感嘆の声であふれた。

「おいっ、なんだあれは!?」

「魔導盾がバラバラになったぞ??!!」

どよめく観客たち。

(よしっ!)

心の中でガッツポーズを決めた私は、そのあと三発の弾丸を標的の鎧に撃ち込んだのだった。

7

「すごいっ！　すごいよレティ!!」

五発の弾を撃ちきり銃を置いた私のところに、実演終了のアナウンスを終えたばかりのヒューバート兄さまがかけ寄ってきた。

「私、ちゃんとできましたか？」

「もちろんさ」

満面の笑みで私を抱きしめるヒュー兄。

その後ろからグレアム兄さまとお父さまもやって来る。

「やったな、レティ」

そう言って頭をなでてくれるグレアム兄さま。

お父さまは私の前までやって来て片ひざをつくと、肩に手を置いて微笑んだ。

「レティシア。お前の技術《ちから》、しかと見せてもらった。これなら私も胸を張って爵位を継承させられる。王も納得されるだろう」

「本当ですか？」

思わず聞き返した私に父は、

「ああ、本当だ。よくやったなレティ」

そう言って頭をなでてくれた。

うれしい。

前世ではほとんど報われることのなかった私の努力。

その努力が今、いろんな人たちの助けを得て報われようとしている。

「お父さまっ！」

目の前の父に、がばっ、と抱きつく。

父は優しく私を抱きしめ、こう言った。

「どんなことがあろうと、私たちはお前の味方だ」

「うん！」

気がつくと、目からぽろぽろぽろと涙がこぼれていた。


その後すぐ、王都工房の人たちが私のところへやってきた。

「ほれ、半信半疑だった連中もあの通りだ。『百聞は一見にしかず』ってやつだな」

にやにや笑いながら、観客の方をあごで指す工房長のダンカン。

標的になった板金鎧と魔導盾のまわりには大勢の人が集まり、「ひぇー」とか「ウソだろ？」とか言って鎧と盾の残骸をひっくり返している。

グレアム兄の同僚の騎士たちにいたっては、その威力に青ざめているようだった。

「ふふん」とほくそ笑むダンカン。

そんな現工房長に対し、前工房長のおじいちゃんは泣いていた。

「わしらが作った魔導具が真っ当に評価される日が来るとは……。なんと誇らしいことか」

身を震わせ、男泣きする前工房長。

隣のおじいちゃんたちも泣いていた。

「これまで何度辞めようと思うたか。けど、辞めんでよかった。本当によかった」

「わしも、腰を痛めながら続けたかいがぁっ……!?　こっ、腰がはあああ!?」

このおじいちゃんは、いつも腰がつらそうだ。

個人的に腰ベルトを作ってプレゼントしてあげようか。

そんなことを思っていると、後ろから少年が顔を出した。

「それもこれも、お嬢のおかげだ」

照れているのか、そっぽを向いてそんなことを言うジャック。

「せっかく褒めてくれるなら、顔を見て言えばいいのに」

私が茶化すと、少年はちら、とこちらを見て「うっせ」と言ってまたそっぽを向いてしまった。

「なんにせよ、くさってた俺たちがここまで立ち直れたのはアンタのおかげだ。王都工房を代表して礼を言うぜ。——ありがとな」

こちらも照れくさそうに、頬をぽりぽりかきながら礼を言うダンカン。

私はみんなに向き直った。

「ううん。お礼を言わなければならないのは私の方よ。みんなのおかげでこうして新しい魔導具をつくりあげることができた。本当にありがとう」

私がお礼を言うと、ヤンキー君が、

「よせやい。照れるじゃねーか」

バシッ
「痛っ!?」

ローランド青年の背中を引っ叩《ぱた》いた。

「ふふっ」

「ははっ！」

互いに笑いあう私たち。

そうして私たちは、達成感に満ちた幸せな時間を過ごしたのだった。


数日後。

王家からの遣いがうちの屋敷を訪れ、父に一通の手紙を手渡した。

それは、王からの信書。

手紙には、王城への登城を命じるとともに、こちらから要望をあげていた献上品の魔導具のデモンストレーションを許す旨が記されていた。

なんとそのために、王城内にある第二練兵場の使用を許してくれるという。

日時は、一週間後の午後。

これは千載一遇のチャンスだ。絶対に失敗はできない。

私はその日に向け、ライフルを収めるケースや予備の弾丸を手配するとともに——万が一のときに身を守るため、ある物の開発を急ピッチで進めることにしたのだった。

✶⋆第6章　王城での試演、そして異変⋆✶

1

その日はあっという間にやってきた。

父と二人、伯爵家の馬車に乗り王城へと向かう。

アンナもついてきたがったが、さすがに今日はお留守番だ。

準備は万端。

ココとメルが入った肩掛けの小さな鞄。

魔導ライフルは磨きあげられ、楽器ケースを元に製作した革張りの収納ケースに収められて私の膝の上に載っている。ケースはスタイリッシュに仕上がり、なんと言ってもとても軽い！

みんなで力を合わせて作った魔導ライフル。

限られた期間、限られた技術の中で、全力を尽くして創り上げた私たちの武器。

今日私は、この銃で未来を変える。

私の魔導具師としての価値を王に認めさせ、第二王子との婚約話を叩き潰すんだ。

武者震いで、ケースの上に置いた両手が震えた。

「大丈夫か？」

向かいのお父さまが心配そうに尋ねる。

「怖かったら、私が代わってもいいんだよ」

お父さまの気遣いがうれしい。

でも、これは私がやらなきゃいけないこと。

設計者として。開発責任者として。そして、エインズワーズの娘として。

私は自分の手で、自らの価値を証明してみせる。

「ありがとうございます、お父さま。でも大丈夫です。必ずや私は私の価値を陛下に認めていただきます」

献上品のデモンストレーションから爵位継承の申し入れまでの流れは、父と何度も打ち合わせをした。

もう目を瞑《つむ》ってても当てられるんじゃ？　と思うほど射撃訓練もした。

あとは胸を張って示せばいい。

私の価値を。

そして、我がエインズワースの価値を。

「……そうか。頼もしくなったな、レティ」

父の眼差しに見守られ、私は窓の向こうに見えてきた王宮を見据えたのだった。

2

馬車は城門をくぐって城内に進み、やがて広々とした車寄せの一か所に停車する。

「さあ、行こうか。レティ」

父の手を借りて馬車を降りると、馬車の前には侍従が一人、私たちを出迎えに来ていた。

「オウルアイズ伯爵閣下、レティシア伯爵令嬢、お待ちしておりました。ご案内いたします」

恭《うやうや》しく頭を下げた若い侍従は、そう告げると私たちを先導する。

ひと月前に登城したときには建物の中に通されたけれど、今日は半露天の外周通路を案内される。

「今日は、外の廊下を歩くんですね」

私の言葉に、侍従が振り返る。

「はい。以前お越しになったときは謁見の間での面会でしたが、本日は本城の奥にあります屋外練兵場での面会と伺っております。少々距離がありますが、ご容赦いただければ幸いです」

「構いません。献上品の試演を申し出たのはこちらですから。陛下のご配慮に感謝しております」

歩きながら、そんなやりとりをする。

野外での試射はこちらから言い出したこと。もとより不満などあるはずもない。

むしろ王はこちらの提案をよく呑んでくれたものだ、とも思う。

(婚約は本意ではなかったけれど、現王陛下には回帰前にもよくしていただいたのよね)

現王は回帰前に私を死の運命に導くきっかけとなった人だけれど、私が王室に入るにあたって様々な配慮をし、言葉をかけてくれた人でもあった。

あの即決裁判と私たちの処刑にしても、陛下が健在であったなら、きっとあんなことにはならなかったはずだ。

そう。健在であったなら。

第一王子が戦争で亡くなってからしばらくして、王は原因不明の病に倒れた。

介添えつきでかろうじて食事は摂れるものの、意識が混濁し、今自分が話している相手が誰かすら分からなくなる有り様だった。

間もなく、王太子となった第二王子が摂政に就任。

政治の実権を、第二王子の母方の叔父であり現職の宰相でもあるオズウェル公爵が握ることとなる。

（考えてみれば、随分と王党派にとって都合の良い展開が続いていた気がする）

第一王子の戦死。王の病。第二王子の摂政就任。

以後、王党派による元老院派への締めつけが陰に陽に進むことになった。

我がエインズワース家の不幸も、それと軌を一にしている。

グレアム兄の戦死。第二王子の『想い人』の登場。そして、王太子爆殺未遂による父と私の逮捕と処刑。

思い返せば、不気味なほどタイミングが一致していた。

そもそも上の兄は、戦場で第一王子を守ろうとして亡くなったのだ。

（まさか……）

冷たいものが背筋を流れた。

3

「ご足労いただきありがとうございました。こちらが第二練兵場となります」

案内してくれた侍従の言葉に、はっと我にかえる。

目の前には小学校の運動場ほどの広さの練兵場が広がり、大勢の騎士たちが木剣や木槍を打ち合わせていた。

魔力を持つ騎士は、一〇mほど離れた標的に向かって火球や氷弾を放ったりもしている。

もちろん王城の敷地内なので周囲は城壁に囲まれているのだけど、なかなかの広さだ。観覧スペースと思しきものまである。

「間もなく陛下もお越しになりますので、少々お待ちください」

慇懃《いんぎん》に頭を下げ、本城に戻って行く侍従。

さて、どこで待っていればいいんだろう？

私がキョロキョロと辺りを見回していると、父が一点を指差した。

「陛下は、あそこからご覧になるはずだ」

父が示した先は、先ほどの観覧席。

その中央のひさしがついたスペースが仮の玉座らしい。

「私たちはどこで待つのが良いのでしょうか？」

「陛下の目の前の、あの辺りだな」

父は玉座からそのまま見下ろしたあたりを指差す。

「とはいえ、陛下が来られる際には先触れがあるはずだ。それまではどこにいても良いだろう」

「分かりました。それでは、ちょっと下に降りて――」

私が試射する場所と的を確認しに行こうとしたときだった。

「レティ、父上」

背後から聞き覚えのある声が、私たちを呼んだ。


「グレアム兄さまっ」

振り返った私たちの前にいたのは、騎士服姿の二人の青年。

一人は上の兄のグレアム。

もう一人は、茶色の髪に印象的な青い瞳を持つ、涼しげな双眸《そうぼう》の青年だった。

と、隣の父がすっと姿勢を正し、こうべを垂れた。

「ご無沙汰しております。殿下」

その言葉を聞き、私も慌てて片方の手でスカートの端をつまんで、カーテシーの姿勢をとる。

「顔を上げてください。オウルアイズ伯、令嬢」

優しげにそう声をかける茶髪の騎士。

私たちが顔をあげると、彼は苦笑まじりに続けた。

「この服を着ているときの私は、一介の騎士です。まして伯爵は第二騎士団の偉大な先達《せんだつ》でもあられる。第五次ウッドランド戦争・ブイジーネ峡谷攻防戦における『疾風のブラッド』の活躍は、何度聞いても胸が熱くなりますよ」

「それは……卑小な身への過分な評価、身に余る光栄です」

一瞬目を丸くして、再びこうべを垂れるお父さま。

まさか自分の若き日の通り名を、親子ほども歳の離れた王子の口から聞くことになるとは思わなかったのだろう。

そう。今世では初めて出会う、目の前の男性は……

「ご令嬢。初めてお目にかかります。ジェラルド・サナーク・ハイエルランドと申します」

丁寧に立礼する青年。

そんな彼に私は、再びカーテシーで挨拶を返す。

「オウルアイズ伯爵家長女、レティシア・エインズワースと申します。――お会いできて光栄です。第一王子殿下」

4

あらためて挨拶を交わした、第一王子と私。

お互い顔を上げたところで、騎士服姿のジェラルド王子は傍らの兄を振り返った。

「なるほど。聞いていた通り利発そうな妹さんだね、グレアム」

「ああ。だがこの子の真価は魔導具師としての腕にある。才能と情熱、そして発想し具現化する力
――レティシアのそれは初代イーサン・エインズワースに匹敵するものだと俺は信じている」

ちらっと私を見て、どこか誇らしげに妹自慢を始めるグレアム兄。

「ちょっと、お兄さまっ！」

さすがに持ち上げ過ぎだ。

王子相手に何を言ってるんだ、この兄は!?

「ふふ。グレアムはこう言ってますが、オウルアイズ伯はどう思われます？」

水を向けられた父は、首を横に振った。

「違いますな、殿下」

お父さまが、ふっ、と目を細める。

こ、これはひょっとして……

「お父さま、やめ――」

「レティシアは、初代イーサン・エインズワースを遥かに超える『天才』魔導具師です」

真顔《まがお》で断言する父。

「(ぶふっ)」

何やら王子が妙な音を立てる。

「――お、オウルアイズ伯も相当に令嬢を評価されているようだね」

そう言って私に笑いかけるジェラルド殿下。

「は、はは……」

羞恥で顔に血が昇ってゆく。

そのとき、王子が近づき耳元で囁いた。

「ご家族に愛されてますね、レティシア嬢」

くすっと笑う殿下。

（ちょっとおおおおおおおおおおおおおおおお⁉）

私はあまりのことに、手で顔を覆ったのだった。


「実は、先日そちらの魔導具披露会に参加した仲間たちから話を聞いたんです。彼ら曰《いわ》く『とんでもない威力の飛び道具だった』と」

そう言って、ちら、とグレアム兄を見る王子。

兄はその目配せに首肯をもって答える。

「それで今日は陛下にお願いして、私たちを含め騎士全員が見学できるように許可をもらいました。もっとも、アルヴィ……いや、第一騎士団からは見学を辞退する旨の連絡がありましたが」

小さくため息を吐くジェラルド殿下。

私は騎士団についての記憶を探った。

「第一騎士団というと、たしか旧貴族家門の出身の方が多い、おかざ……儀仗や行進が得意な騎士団ですよね？」

「「「（ぶっ）」」」

噴き出す男三人。

（「こら、レティ！」）

グレアム兄がひそひそと私を窘《たしな》める。

「あれ、違いましたっけ？」

私は素知らぬ顔でとぼけてみせた。

要するに第一騎士団というのは、王党派の子弟で構成される騎士団だ。

伝統を重んじると言えば聞こえがいいけれども、見栄えにばかりこだわり実戦経験のないお飾りの騎士団。第二王子アルヴィンの支持勢力であり、回帰前には彼自身も在籍していた。

彼らは近衛としての仕事や王城警備の他、式典の儀仗やパレードを先導したりと、戦うより警備や行事ごとを主たる任務としている。

一方でグレアム兄やジェラルド殿下が所属する第二騎士団は、周辺国との国境紛争に投入され、国内の魔物や盗賊への対処なども行っている実戦部隊だ。団員には新貴族家門の者が多いが、実力次第で平民にも門戸を開いている。

このように、任務も気風も違う二つの騎士団。

回帰前に私やお父さま、使用人たちを不必要な暴力とともに逮捕したのは、第一騎士団の騎士たちだった。

そんな記憶があるものだから、私としては『彼ら』に到底好ましい感情を持てないでいた。

「まあ、彼らにも色々あるんです。そう悪く言わないであげてください、お嬢さん」

嫌なことを思いだしていた私に、ジェラルド殿下が微笑んだ。

「お聞き苦しい言葉を口にしてしまいました。申し訳ありません、殿下」

殿下の大人な対応に、謝罪する私。

「それはそうと、今日はアルヴィン第二王子殿下もおいでにならないのですね？」

「っ……ど、どうかな？」

目が泳ぐ第一王子。

いいえ、先ほどぽろっと漏らされたのは殿下ですが。

「正直なところ、気を遣わなくてよいのでその方が私も助かります」

「へえ」

彼は、興味深そうに私の顔を見た。

「何か思うところがありそうですね」

「いいえ、特には」

私が首をすくめると、ジェラルド殿下は微笑して言った。

「まあ、そういうことにしておきましょう。――さて。今日のデモンストレーションは私もとても楽しみにしているんです。グレアムや仲間たちと応援していますから、頑張ってくださいね！」

第一王子は私にそう声をかけると、グレアム兄を連れ、訓練している騎士たちのもとに帰って行ったのだった。

5

王子たちと別れたあと。

私は父と一緒に練兵場に下り、拝謁場所や射撃位置、標的などを確認してまわった。

射撃位置から標的までの距離は、先日のお披露目会と同じ三〇ｍほど。

ただし今日の的は、使い古された魔導鎧と魔導盾がそれぞれ五個ずつだ。お古とは言ってもまだまだ使える状態で、鎧の中には藁が詰められていた。

しかも、『盾・鎧・盾・鎧……』と縦一列に並べてあるところを見ると――

「これらをどこまで撃ち抜けるか、ということでしょうか？」

私の言葉に、父が頷く。

「きっと、先日のお披露目会参加者の進言だろう。あとは『実戦において敵の隊列に対しどこまで有効か』を測りたいのだろうな」

「ああ、そういう意図ですか。なるほど。さすがお父さまです」

そう言って微笑むと、父は照れ隠しに、ごほんと咳払いして言った。

「なに、古巣の後輩たちが考えることだ。『私ならそうする』というだけだよ」

取り繕ってはいるが、口の端がわずかに上がっている。

そうやって談笑していたときだった。

カランカラン、カランカラン
あたりに鐘の音が鳴り響いた。

振り返ると、先ほど私たちを案内してくれた侍従が、観客席の上でハンドベルを鳴らしている。

練兵場にいる者たちの注目が集まったところで、彼は声を張り上げた。

「間もなく陛下がおいでになります！　ご準備を!!」

そのアナウンスを聞き、きびきびと片づけを始める第二騎士団の騎士たち。

「さあ行こう、レティ」

「はいっ、お父さま」

私は父の言葉に大きく頷き、拝謁場所に向かった。


騎士が整列し、私とお父さまが拝謁位置に着いて間もなく。

本城へと続く回廊から、陛下が姿を現した。

——久しぶりに見る元気な姿。

そう思うのは、私の中に三つの記憶があるからだろうか？

回帰前のレティシア。夢の中の宮原美月。そして『今』につながる、今回の私の記憶。

この時間軸では一ヶ月ぶりの謁見だというのに、なぜかひどく懐かしい気がした。

「ハイエルランド王、コンラート二世陛下の御成《おな》りである！」

侍従の触れとともに、礼の姿勢をとる一同。

騎士たちは片膝をつき、父は右手を胸に立礼する。

私も顔を伏せカーテシーで礼をした。

しばらくして――

「皆、楽にせよ」

観覧席に腰を下ろした陛下の言葉とともに、顔を上げる。

「病みあがりであるというのに、わざわざ足労すまないな。オウルアイズ伯、レティシア嬢」

陛下の労わりの声に、お父さまが答える。

「とんでもございません。陛下におかれましては、我が娘の体調不良によりご迷惑とご心配をおかけいたしました。深くお詫び申し上げるとともに、娘へのお気遣いに心から御礼申し上げます」

「御礼申し上げます」

父に続いて、私も感謝の意を伝える。

一ヶ月というものエインズワース邸には毎週宮廷医師が訪れ私を診察していた。

この医師の派遣は、王宮で卒倒した私への王陛下なりの気遣いだろう。

そして同時に、私の病状と回復具合を報告させる目的があったのではないかとも思っている。

私たちの言葉に、陛下は小さく頷いた。

「よい。初登城の緊張にアルヴィンの不作法の心労が重なったのだろう。すまなかったな、令嬢。伯爵から手紙で『快復した』と聞いているが、本当に大丈夫かな？」

気遣わしげに私を見る陛下。

私は礼をもってそれに応える。

「はい。陛下のお気遣いによりまして、この通りすっかり快復いたしました」

「そうか。それはよかった」

優しい笑みを浮かべ、深く頷く陛下。

陛下は次に父の方を向いた。

「それで、伯爵。本日の謁見にあたり何やら披露したいものがあると聞いたが？」

——きた。

ここからが本番だ。

お父さまは軽く頭を下げると、そのまま王を見上げた。

「は。この度の件のお詫びとして、オウルアイズ伯爵家から陛下に献上させていただきたきものがございます。——レティシア」

「はい、お父さま」

父の呼びかけに、私は持参したケースを左腕に抱え、蓋を開いた。

「ほう、これが……」

興味深げに魔導ライフルに見入る陛下。

体裁として、陛下は献上品の内容について知らないことになっている。が、先ほどのジェラルド殿下の話と陛下の様子から察するに、新型武器の話はすでに詳細が伝わっているのだろう。

恐らくその威力も。

陛下の反応を見るに、どうやら期待度は高い。

これは私たちには好都合だ。期待に沿うことができれば、私の爵位継承の話もスムーズに進められるだろうから。

父が献上品の紹介を始めた。

「これは我が娘レティシアが考案し、設計製作した新型の魔導武器です。名を『魔導ライフル』といいます。従来の魔導弓を超える威力と簡便さ、クロスボウを超える射程と装填速度を持つ飛び道具でございます」

「この武器を令嬢が作ったと？」

陛下の視線が、私に移る。

期待に満ちた目。

私はまっすぐ陛下を見返した。

「はい。この魔導ライフルはすべて……部品の一つに至るまで私が設計し、エインズワース王都工房とその他大勢の方の協力のもと完成させたものでございます」

胸を張って答える。

そうだ。

この魔導ライフルは、私の誇り。

そして協力してくれた皆の誇りだ。

謙遜などしない。

「なるほど、それは興味深い。――では、その武器の説明をお願いできるかな？　レティシア嬢」

どこか試すような笑みを浮かべる陛下。

その命に私は、

「かしこまりました。それでは少々お時間をいただきまして、こちらの魔導ライフルについてご説明申し上げます」

と、微笑んでみせた。

6

「――以上でございます」

父にケースを持ってもらい銃を取り出した私は、魔導ライフルの使い方と機構を陛下に説明した。

使い方については、パワーソースである魔石の入れ替えに始まり、弾丸の装填、照準の付け方、射撃の方法まで。

機構については、一次加速装置と弾道安定化機構、そして二次加速用魔法陣の起動まで。

とりあえず、今日のデモンストレーションで使う予定の主要な部分、機能について一通りご説明申し上げた。

尚、魔石の入れ替えは魔導剣と同じ要領で、銃床の肩当ての部分からスロットを引き出して中の魔石を交換する方法をとっている。

正直、設計段階ではそれで良いと思ったのだけど、実際に使ってみるといまいち取り回しが悪い。

今後自分たち用に作り直す改良型では、地球のボルトアクションライフルのように槓桿《こうかん》を引いてスロットを露出する方式に変更することも考えていた。

——もちろん、これは内緒だけど。

「なるほど。とても分かりやすい説明であったぞ、令嬢。さすが設計者本人というところだな」

「お褒めいただき光栄でございます、陛下」

感心するコンラート陛下に、私は頭を下げた。

とりあえず第一関門は突破だろうか。

一二の小娘が、他に例のない画期的な武器を開発した——陛下を含め、誰もが耳を疑うような話を信じてもらおうというのだ。

せめて使い方と機構の説明くらいはそれらしく見えるように、と。

そう思い、準備して精いっぱい頑張った。

私が少しだけほっとしていると、陛下はゆっくりと頷いた。

「よろしい。では令嬢。早速その『魔導ライフル』とやらの威力と性能を見せてもらえるかな」

「かしこまりました」

私が一礼して、射撃位置に向かうため身を翻《ひるがえ》したときだった。

――カタカタ、カタカタ――

肩掛け鞄が微かに震えた気がした。

（ココ？　メル？）

不思議に思い、鞄に手を伸ばす。

そのとき、

――ィイイイィン
翼が風を切るような、あるいは飛行機のエンジンが回転をあげるのを機内から聞くような、そんな音が微かに聞こえた気がした。

「え？」

思わず周囲を見渡す。

だが、音はもう聞こえることはなく、辺りにおかしな様子もない。

指で触れた鞄にもおかしなところはなかった。

「どうかしたか？　レティシア嬢」

振り返ると、王陛下が不思議そうに私を見ていた。

「……いえ、なんでもございません。変な音が聞こえた気がしたのですが」

「音？」

「はい。ですが、どうやら気のせいのようです」

「そうか。不都合があれば遠慮なく言いなさい」

「かしこまりました。お気遣いいただきありがとうございます」

私は気を取り直して一礼し、射撃位置へと向かったのだった。

7

「それではこれより、魔導ライフルの射撃を披露させていただきます」

私の言葉に陛下が頷く。

騎士姿のジェラルド殿下も興味しんしんといった顔でこちらを見ていた。

「ああ、令嬢」

私が標的の方を向こうとしたとき、陛下が思い出したように口を開いた。

「はい。どうかされましたか？」

「すまないが、最初の何発かは一発撃つごとに的をあらためさせてもらいたい。どの程度の威力なのかをよく見ておきたいのだ」

「承知いたしました。それでは連続射撃は陛下にお声がけいただいてから、ということにいたしましょう」

「ああ、楽しみにしておるぞ」

陛下が満足げに頷くのを確認した私は、あらためて標的に向き直った。

一列に並べられた、魔導盾と魔導鎧。

こうしてみると、等身大人形が整列してるみたいだ。

私は右手にライフルを下げ、左手で鞄から弾丸を一つ取り出すと、銃口からコロコロと弾を装填する。

「それでは、いきます！」

宣言した私はライフルを構え、安全装置を『0』から『1』の位置へ。

標的の魔導盾を狙いながら、わずかに引き金を引く。

ブン、という音とともに銃口の先に浮かぶ魔法陣。

「「おお……」」

騎士たちがどよめく。

（まだ何もしてないんだけどね）

内心で苦笑する。

（でも、悪い気分じゃない）

私は、微かな高揚感とともに引き金を引いた。

タンッという音とともに肩に伝わる発砲振動。

眩く輝く銃口の魔法陣。

バフッと二次加速の反動の空気が周囲に吐き出された瞬間――

　バァンッ!!

三〇m先に置かれた標的の魔導盾が弾け飛んだ。

「「おおーーっ!!」」

周囲から歓声があがる。

――ここまでは予定通り。

うちの屋敷のお披露目会で魔導盾を撃ったときと同じ展開と反応。

違ったのは、盾の後ろにあるものの末路だった。

「見ろ！　後ろの鎧が……っ!!」

騎士の一人が叫ぶ。

一瞬の静寂。

直後、先ほどよりさらに大きな歓声が練兵場を揺らした。


予想外の大きな反響。

私は銃口を下ろし、あらためて標的を見た。

一枚目の魔導盾はバラバラになって吹き飛び、あたりに破片が散乱している。

注目すべきは騎士が叫んだ通り、その後ろにあった魔導鎧だった。

「うわぁ……」

あまりの状態に、私も思わず声を漏らしてしまう。

ひとことで言えば、ボコボコだった。

数代前のオウルアイズ伯爵家当主が開発し、今や王国騎士の標準装備となった魔導鎧。

敵からの攻撃を受けた瞬間、衝撃力を鎧全体に分散する仕組みを持つその魔導鎧は、表面がボコボコになりいくつもの破片が突き刺さっている。

鎧としての機能はかろうじて維持しているものの、かなりのダメージを受けているのは間違いなかった。

ざわざわと騎士たちの動揺の声が聞こえてくる。

これまで戦場で自分たちの身を守ってきた魔導盾と魔導鎧。

その盾は四散し、鎧はボコボコになってしまった。しかも、たった一発の弾丸で。

――あれがもし生身の人間だったら？

彼らの動揺も分からないでもない。

そんな空気の中、二人の騎士が鎧を陛下の御前《おんまえ》に運んでゆく。

息を呑む陛下。

やがて驚きは戸惑いに変わる。

「これは……凄まじいな。この武器が量産されれば、戦場の様相は一変するだろう」

そう呟いてじっと鎧を見据えていた陛下は、やがて私の方を見た。

「レティシア嬢」

「はい。なんでしょう、陛下」

「一発の威力はよく分かった。次は続けて撃ってみよ」

「かしこまりました」


私は射撃位置に戻ると、魔石を新しいものに交換した。

どうせなら五発続けて見てもらいたい。

「それでは、いきますっ！」

私は再び弾を装填し、ライフルを構えた。

残る盾と鎧は四つずつ。

はたしてどこまで抜けるだろうか？

(――いや、ちがう。すでに威力についてはお墨つきをもらったから、あとは連射速度を示せればいい)

そう思い直した私は、新たな標的に狙いをさだめ、引き金を引いた。

タンッ！

派手な音を立てて一枚目の盾が粉々になる。

すぐに次弾を装填し、狙い、撃つ。

バンッ、という音を立てて鎧の腹部に大穴があく。

一発目で盾ごしに衝撃を受けていた鎧が、その負荷に耐えられなくなったのだ。

騎士たちがざわめく。

続いて、三発目。

　バカンッ!!

二枚目の盾が吹き飛び、奥の鎧が損傷を受ける。

四発目。

二つ目の鎧のど真ん中に穴が開き、三枚目の盾にヒビが入る。

そして五発目。

照門にある魔力切れのランプが赤く点灯すると同時に――三枚目の盾と三つ目の鎧が大破し、四枚目の盾には大きなヒビが入っていた。

「…………」

誰もが言葉を失っていた。

時間にして数十秒。

一分に満たない時間で、三枚の魔導盾が四散し、三つの魔導鎧に大穴があいた。

正直、私自身怖くなるくらいだ。

私はセーフティスイッチを『0』に戻すと、ふぅ、と息を吐き出し、陛下に向き直った。

「以上でございます」

右手にライフルを提げたまま、左手でスカートの片端をつまみ、カーテシーで挨拶をする。

やがて――。

パチ、パチ、パチ……

玉座から立ち上がり『興奮を抑え切れない』という表情で手を叩き始める陛下。

それがきっかけとなったのか。

「「おおおおおおおおーーっ!!」」

嵐のような歓声と拍手が、練兵場に響いた。

8

やがて皆の興奮が収まってきたところで、陛下が口を開いた。

「凄まじい……。これはとんでもないものを創り出したな、レティシア嬢！」

コンラート陛下が顔を紅潮させて私に声をかける。

「不肖の身にはもったいないお言葉にございます」

私が答えると、陛下はまっすぐ私を見た。

「謙遜することはない。我が国は建国以来、幾度となく周辺国の侵入を受けこれを退けてきた。建国当初こそ他国に対して優位であった魔導武具は長い年月を経て模倣され、今や魔法技術だけでなく魔導技術まで部分的には他国の後塵《こうじん》を拝すようになってしまったのだ。そのような中にあって、この度の発明は実に見事！　我が国に再び魔導技術の優位と、防衛力の向上をもたらすものであると、儂《わし》は確信する」

陛下の力強い言葉にどよめきが起こる。

陛下はお父さまに向き直った。

「オウルアイズ伯爵家のこの度の献上品、実に見事である。ついては伯爵家に、なにがしかの褒美を与えることにしたいと思うが、伯爵よ。何か望みはあるか？」

今や舞台は整った。

ちらりと私を見て小さく頷いたお父さまは、口を開き——


カーン、カ、カーン!!

カーン、カ、カーン!!


そのとき、あたりに鐘の音が鳴り響いた。

「何事だ!?」

叫ぶコンラート王。

「警報!?」

ジェラルド殿下と騎士たちが、城の一角を見上げる。

私もつられてそちらを見た。

鐘の音は、東の監視塔から発せられたものだった。

力いっぱい鐘を鳴らす見張りの兵士。

もう一人の兵士がこちらに向けて何かを叫んでいる。

が、鐘の音で聴き取れない。

その頭上を何かが横切った。

「なんだあれは？」

「ロック鳥か!?」

誰かが叫ぶ。

「いや、違う！　あれは……あれは、飛竜だ!!」

監視塔を飛び越えた飛竜は、城壁の上空を私たちを観察するように旋回する。

その背に何かが見えた。

「人だ！　人が乗ってるぞ!!」


その瞬間、私は凍りついた。


降りしきる雨。

喪服姿の父と次兄。

参列する騎士たち。

土を被せられる棺。

古い記憶が、フラッシュバックする。

「……うそ。なんで『あれ』がここにいるの!?」

✶✶第7章　『みんなを守って』✶✶

1

――かつて、回帰前。

飛竜を操る兵士の話を聞いたことがあった。

忘れもしない。

あれはグレアム兄さまの葬儀のときだ。

兄の同僚の騎士が『それ』を私たち家族に教えてくれた。


私が一六のとき、戦争があった。

『西の公国』――ブランディシュカ公国が、ある日突然ハイエルランドに侵攻してきたのだ。

敵に対応するため、陛下はジェラルド殿下指揮の第二騎士団を基幹とした国軍を派遣。両軍は戦闘状態となった。

公国は小国だ。

広くない国土は山がちで農業生産力が低く、人口も少ない。北海に面していること、複数の魔石鉱山を有していること以外は強みもなく、豊かな国とは言い難い。

それゆえ公国はハイエルランド西部の穀倉地帯を奪おうと、国境の山脈を越え幾度となく我が国に侵攻し、その度に撃退されるということを繰り返してきた。

公国軍は精強な騎士団と有力な魔法師団を有してはいたものの、その国力ゆえに大規模な兵力を動員できず、魔導武具の性能もハイエルランドには劣る。

『侮るなかれ。されど恐れるなかれ。』

我が国の公国軍への認識は、その程度のものだったと思う。

結果、ハイエルランドは敗北。

ジェラルド殿下とグレアム兄さまは戦死。

王国軍は三つの領地を失い、西部と中央を分けるリーネ川以東に撤退した。

勝敗を決定づけたのは、戦場に突如として現れた『飛竜を操る兵士』だったという。

兄と殿下は飛竜の吐く爆裂火炎弾の直撃をうけて即死。

第二騎士団はその半数以上を失う大損害を被った。

その後、飛竜を駆る敵兵のことを我が国ではこう呼ぶようになった。


「竜操士《ドラゴンライダー》……」

茫然と呟いた私の前で、国籍不明の竜操士は上空を旋回しながら魔導剣を振り、キラキラと輝く何かを振り撒いた。

「おい、何か撒いたぞ！」

「武器をとれ!!」

「陛下を守れえっっ!!」

混乱の中、動きだす騎士たち。

「陛下っ!!」

お父様がいち早く観客席に駆け上がり、陛下に駆け寄る。

「魔導弓、魔法剣用意！　撃ち落とすぞ!!」

ジェラルド殿下が叫び、グレアム兄が隣で魔法剣を構える。

魔法剣は握りの部分のスイッチを押すことで火球や風刃を撃ち出す、昔ながらの魔導武器だ。

もちろんエインズワースによる改良で、昔に比べてはるかに使い易く、より強力になってはいるけれど。

弓のように習熟の必要がなく簡単に使用できるため、騎士たちは必要に応じて魔導剣と魔法剣を持ち換えて戦いに臨んでいた。

騎士たちが武器を構えるのを確認し、ジェラルド殿下が号令をかける。

「撃てえっ!!」

直後、竜操士に殺到する矢と魔法。

ドドドンッ！　と上空で魔法が炸裂し、魔導弓によって威力と飛距離が増した矢が敵に襲いかかった。

だが……

「くそっ、当たってないぞ！」

誰かが叫ぶ。

その言葉通り、飛竜は爆煙の陰から何事もなかったかのように姿を現し、悠々と城の周りを旋回し続けていた。

「目測が狂っている。こちらの攻撃が届いていないいっ！」

そう吐き出し、魔法剣の射程調節ダイヤルをまわすグレアム兄。

ジェラルド殿下はその言葉に頷き、再び号令を下す。

「再攻撃！　射程最大！　各自、準備できた者から攻撃開始!!」

「「了解っ!!」」

バラバラと攻撃を始める騎士たち。

魔法剣についている射程調節ダイヤルを調整すれば、威力範囲を犠牲にして射程を延ばすことができる。

同様に魔法弓の射程調節ダイヤルでは、精度を犠牲にして射程を延ばすができる。

兄たちは一度目の攻撃失敗からすぐに問題点を見抜き、第二射を修正しようとしていた。

その効果は、すぐに現れる。

ドンッ！　バシャシャシャッ!!

空中に炸裂する火球と風刃。

そして無数の矢。

至近弾となったのか、竜操士が回避行動をとった。

「いいぞ！　このまま攻撃を続行する!!」

「「了解っ!!」」

叫ぶジェラルド殿下と、応える騎士たち。

騎士たちは初めて相対する敵に少しずつ対応できつつあるように見えた。


――だけど、なんだろう。

私の、この胸のモヤモヤは？


私はあらためて『敵』を見た。

あの竜操士は、いまだ一度もこちらを攻撃していない。

私が回帰前に聞いた話が正しければ、飛竜は通常の何倍もの威力の爆裂火炎弾を吐くはず。

なのに竜操士は練兵場の上空を旋回するばかりで、一向に攻撃してくる気配がない。

だいたい、さっきのキラキラはなんだったのか？

あれはお祭りなどで使われる『花火』の魔法だ。

見た目が派手できれいな『みせる』ための魔法。間違っても他者を攻撃する魔法じゃない。

みせる？

だれに？

そのとき、私の脳裏にある記憶がよみがえってきた。


雨音が響く教会で、隻腕の騎士が喪服姿のお父さまと話していた。

降りしきる雨。


『やつらは最初、戦場の上をバラバラに散らばって飛んでいました』

『そのうち一騎が私たちの頭上にやってきて、キラキラ光る何かを落とし始めたんです』

『そいつはそのまま私たちを攻撃するでもなく、頭上を旋回し続けました』

『私たちは目の前のそいつを落とそうと躍起になり、魔法と矢を放ち続けました』

『今思えば、あれは敵の罠だったんです』

『敵の主力はあのとき――』


「お兄さま！　上ですっ!!」

突然叫んだ私を、長兄と殿下が驚いた顔で振り返る。

私はその方向を指差し、必死で叫んだ。

「敵主力は、太陽の中にいますっ!!」

2

「何っ⁉」

驚きとともに私の指差す方向——太陽を睨むグレアム兄さま。

一瞬遅れてジェラルド殿下も空を見上げる。

——感じる。

頭上を舞う、異質な魔力の群れ。

それらは急激に魔力の圧力を上げ、私たちに迫っていた。

「っ‼」

目を細め見上げた空に、四つの影が舞っていた。

その影たちはやがて一列になり、急降下を始める。

先頭の飛竜の口の中に炎がちらついた。

「敵騎直上っ‼」

お兄さまが叫ぶ。

「総員攻撃やめ！　魔導盾を構えろ‼　魔法防御、全力展開‼」

ジェラルド殿下が指示を飛ばす。

慌てて武器を捨て、魔導盾を取りに走る者。障壁魔法の詠唱に入る者。

あたりは混乱に陥っていた。

――私の耳に、再び隻腕の騎士の言葉が蘇る。

『気づいたときには遅かった……いえ、たとえ気づいていても、どうしようもなかったのかもしれません』

『飛竜どもの火炎弾で、あたりが一瞬で吹き飛びました。直撃を受けた殿下とグレアム様の部隊は全滅。少し離れたところにいた私の部隊も被害を受け、この有様です』

そのとき盾を構えた者もいただろう。

魔法防御に全力を尽くした者もいただろう。

でも、ダメだった。

グレアム兄さまとジェラルド殿下の部隊は遺髪の一本も残らないほどに焼き尽くされ、一瞬で全滅した。

「…………」

今、私の前には、殿下を守るため障壁魔法を詠唱する兄がいた。

王陛下を守るため、守護の指輪に魔力を注ぎ、魔法障壁を張る父がいた。

その努力も、これからやってくる圧倒的な暴力の前には無力。

頭の中で、何かが囁いた。

『もうダメよ』

『みんな死ぬわ』

古い記憶がフラッシュバックする。

雨の中、土をかけられる遺体のない棺。

拷問でボロボロにされ、それでもなお必死に私の助命を訴えた父。

そして、断頭台で最後の瞬間までいっしょにいてくれた、私の大切な……


『レティ!!』

——あの子たちの、声が聞こえた。


「ココ！　メル!!」

私が叫ぶと同時に、肩掛け鞄から二人が飛び出す。

「レティ！」

「遅いっ!!」

ココが私の名を呼び、メルが私を叱った。

「お願い！　力を貸して!!」

「「もちろんっ!!」」

叫ぶと同時に、頭上に舞い上がるココとメル。

その向こう。

遥か上空から落ちてくる、死を纏った黒い影。

すでに四騎すべての飛竜の口に炎が煌めき、先頭のそれは眩いばかりに赤く輝いていた。

そして、火球が放たれる。

私に向かってまっすぐ落ちてくる、死の光。


一度目の人生で、私は訳もわからないまま大切な人たちを奪われ、自分自身を失った。

二度目の人生では、ちょっとだけ素直になって相手に飛び込んでいくことで、自分がどれだけみんなに愛されているのかを知った。

父も。

兄たちも。

アンナや工房の仲間たちも。

みんな私を愛してくれた。

そんなみんなを、私は誰ひとり失いたくない。

――いや、ちがう。

私はもう大切な人を『絶対に』失わない!!

私は空に向かって左手を掲げ、あらんかぎりの声で叫んだ。

「ココっ！　メルっ！　――『絶対防御《みんなをまもつて》』!!」

それは、クマたちに組み込んだ魔導回路を起動する『鍵《キーワード》』。

次の瞬間、私の左手からごそっと魔力が吸い取られる。

「くっ……!?」

私が持つ膨大な魔力。

その魔力が引きずり出され、宙に流れて二体のクマたちへ。

クマたちの両手が、眩い光を放つ。

「『絶対防御《アブシオル・デイフエンシア》』！！！！」

頭上に虹色の魔法障壁が広がる。

魔力消費速度制限なし。

私が出しうる全力の魔力の奔流が、光を曲げ、周囲の空間さえも湾曲させる。

「うぁあああああああああーーっっ!!」

すさまじい勢いで引きずり出される魔力に、全身が痙攣し、絶叫する。

「レティっ！！！」

「レティィイイっっ！！！！」

私の名を呼ぶ、父と兄。

――大丈夫。

みんなのためなら、頑張れる。

「あああああああーーっっ！！！！」

厚みを増す虹色の魔力防壁。

そこに、敵の火炎弾がつっこんだ。

　ドンッ!!

　ドンッッ!!

　ドドンッッ！！！！

頭上で炸裂する白い閃光。

あまりの威力に魔法障壁が波打ち、あたりに破壊のエネルギーが撒き散らされる。

その余波で、本城の城壁の一部が吹き飛んだ。

途方もない威力。

だけど私の『絶対防御』は、四つすべての爆裂火炎弾を防ぎきった。

渾身の一撃を放ち、しかしそれを防がれた飛竜たちは、私の障壁の手前で方向を変え北に向かって飛び抜けてゆく。

「……ココ、メル、『ありがと』」

そのキーワードを口にした瞬間、左手から魔力の流出が止まる。

「はあっ、はあっ、はあっ……」

脱力した私はその場に膝をつく。

「レティっ‼」

「レティシアっっ‼」

……なんとか、守りきった。

ほっとした私は、駆け寄ってきたグレアム兄さまとお父さまの腕にそのまま倒れ込んだのだった。

3

「レティっ！」

「レティシアっ！　大丈夫かっ⁉」

間近で聞こえる叫び声。

二人の悲鳴のような声に、私はなんとか頷いた。

「パパ、兄さま、魔力酔いです……」

その言葉に顔を見合わせる、父と兄。

魔力酔いは、体内魔力の急激な変化によって魔力の循環が崩れたときに起こる体調不良。

症状としては、めまいや吐き気、立ちくらみがある。

「……うっ」

実際今の私は、強烈な吐き気と立ちくらみに襲われていた。

あれだけの魔力放出の後だ。魔力酔いにもなるだろう。

だが幸いなことにこの魔力酔いには治療法がある。

父と兄はすぐに私の手をとり、それぞれの魔力を少しずつ私に送り込み始めた。

圧力と波長を微細に調整しながら。

これは、魔力操作に長けたエインズワースだからこそできる治療法。こうやって私の中の魔力バランスを整えてゆくのだ。

効果はすぐに現れた。

「……ありがとうございます。もう大丈夫です」

そう言った私の視界の端に、再び『花火』の魔法を使いながら旋回する飛竜の影が見えた。

「っ！」

「だ、大丈夫か？　レティ」

ふらつきながら立ち上がった私に、父が心配そうに声をかける。

「はい。おかげでなんとかおさまりました」

私はそう言って頑張って笑顔を作ると、二人に向き直った。

「お父さま、お兄さま、お願いがあります」

「「なんだ？」」

同時に聞き返す、父と兄。

「間もなく敵主力による再攻撃が始まります。私が迎撃しますのでサポートをお願いします」

「再攻撃って……なぜ分かるんだ？」

兄の問いに、私は上空で旋回する竜操士を睨んだ。

「観測員が花火をあげました。最初と同じものです。あれは『攻撃続行』の合図でしょう」

「「なっ⁉」」

目を見開く父と兄。

だがすぐに二人とも真剣な顔になる。

お父さまが目を細めた。

「なるほど、そういうことか。だが迎撃すると言っても手段がないだろう。そのライフルは強力だが、さすがに一挺《ちょう》だけでは威力不足だ」

父の言葉に、私は首を振った。

「この魔導ライフルには、もう一つ使い方があって……――っ⁉」

言いかけた私は、北方を舞う四つの魔力が急上昇するのを感じる。

私だけじゃない。

父と兄も即座にそちらの方角を睨んでいた。

「時間がないようです。お兄さまは上空の観測員を私に近づかせないようにしてください」

「分かった」

頷くグレアム兄さま。

次に私はメルを手元に呼び寄せ、お父さまに手渡した。

「お父さまにはメルを託します。もしものときは敵に向け『皆《みんな》を守れ』と叫んでください。メルだけなので先ほどより範囲が狭くなりますが、私の魔力を使った『絶対防御《アブシオル・デイフエンシア》』が発動します」

「しかし……」

「お話はあとです。――お父さま、お兄さま、援護をよろしくお願いします。必ず、生き残ってください ね」

私はそう言って二人の頬にキスをすると、すっと距離をとった。

「それでは、いってまいります」

心配顔の二人に微笑み、靴のかかとを二回打ち合わせる。

次の瞬間、ブン、という音とともに靴の周りに魔法陣が浮かび――私はふわりと空に舞い上がった。

4

練兵場の上空数十メートルの位置で、私は静止した。

この飛行靴《フライング・ブーツ》は、足裏の魔力の流し方を変えることで、上昇・下降・前進・後退・左右移動と、空中を自在に移動できるように作ってある。

自由に空を飛べるとても素敵な魔導具なのだけど、消費魔力が大きく内蔵の魔石のみでの稼働時間は五分程度。ついでに扱いがとても難しく、魔力操作をしくじるとあらぬ方向に飛んで行ってしまうという素敵仕様だった。

正直、市販するには問題だらけの欠陥品。

だけど魔力おばけで魔力操作に長《た》けた私には、そんなことは問題にならない。

「さて……」

私は『敵』を見た。

四騎の飛竜は、北方数キロの上空にいる。

斜め上からの攻撃を企図しているのか、敵は私よりもかなり高い高度まで上がっていた。

先ほど私たちが感知した魔力圧は、飛竜が上昇するために発したものだったらしい。

四騎は上昇をやめ、二手に分かれようとしていた。

私の正面上方に二騎。

あとの二騎は、右方向――東側に移動しようとしていた。

「二方向からの時間差攻撃、か」

私の『絶対防御《アブシオル・ディフェンシア》』は、短時間しか維持できない。

敵はそれを見抜いて対応しようとしているらしかった。

私は彼らを睨んだ。

「私が『守る』ことしかできないって、いったい誰が言ったのかな」

思わず感情が口から迸る。

私はみんなで作った魔導ライフルを両手で持ち、銃に視線を落とした。

魔力感知で正面の敵がこちらに向かって降下を始めるのを知る。

ライフルの安全装置のセレクターを『0』から『1』へ。

そして、さらにその先の『2』の位置にカチリと合わせた。
顔を上げる。
「今度はみんなを守ってみせる。絶対にっ!!」
私は銃を構え、『敵』に向かって銃口を指向した。
――ドンッ、ドンッ、ドンッ
旋回を続ける観測飛竜に向け、下方から魔法が放たれる。
「撃て！　間断なく撃ち続けろ!!　飛竜をレティシア嬢に近づけるなっ!!」
「「了解っ！！」」
ジェラルド王子の怒鳴り声と、それに応える騎士たち。
（グレアム兄さまが騎士団を動かしてくれたんだ）
兄は私との約束を守ってくれている。
その事実が、私に勇気をくれる。
一方、先ほどお父さまに渡したメルの魔導反応にも変化があった。
観客席に向かったメル……お父さまは、練兵場の真ん中に戻っていた。
おそらく、陛下や侍従を連れてきたのだろう。
メルの魔法障壁だけでは、どうしても守れる範囲が狭くなる。
『ならば守れる範囲に人を集めてしまおう』ということなのだろう。
ただこれでは障壁が薄かった場合、一撃で全滅のおそれもある。

危険な賭け。

私のことを心から信頼していなければ、こんなことはできない。

——胸が熱くなった。


「ココ、来て」

私はココを呼んだ。

「どうした？」

目の前にやってきたこげ茶色のテディベアが、焦る様子もなく言葉を返す。

「戦ってるあいだ、私のことを守ってて」

私の言葉に、びっ、と腕をあげるココ。

「りょーかい!!」

私の魔力がココに流れ、ココの両手に小さな魔法障壁が浮かぶ。

——大丈夫。

兄が、父が、ココとメルが、そしてこの場のみんなが、私を援護してくれてる。

正面から滑空降下してくる二騎の敵は、もうはっきりと視認できるくらいにまで近づいていた。

私はあらためて銃を構えなおし、引き金を半分だけ引いた。

ブンッ
構える両腕からライフルに魔力が流れ、同時に銃口の先に加速魔法陣が浮かぶ。

だけど今回はそれだけじゃない。

　ヒュウゥゥウウウ
魔法陣の手前。

銃口の出口付近に白く輝く光の球が浮かび、瞬く間にその密度を高めつつあった。

『魔力集束弾』

私の膨大な魔力に圧力をかけて集束した、高エネルギー弾。

普通の人がこのモードを使っても生成される魔力弾は目視できる大きさにもならない。威力もせいぜいクラッカーみたいな破裂音が鳴る程度。

だけど私が使えば、魔力弾は強力な爆薬となる……はず。

「危険すぎて、王都じゃテストできなかったのよね」

汗が額を伝う。

――ああ、もうなるようになれ、だ。

私はライフルにさらに魔力を注ぎ込む。

すると、

――ブン、ブン、ブン、ブンッ
最初の魔法陣に加え、さらに四つの加速魔法陣が、五mおきに出現する。

合計五段の多重加速魔法陣。

魔導ライフルの安全装置でセレクターを『2』の位置にすると起動するこのモードを、私は『魔力集束弾多重加速モード』と呼んでいた。

設計者であり、製作責任者であり、真の使用者である私だけが使いこなせる、魔導ライフルの限界突破モード。

「さあ、来なさい!!」

私は照門ごしに敵を睨んだ。

高度を活かした急降下で迫る、二騎の飛竜。

すでに口元には火炎弾が浮かんでいる。

だけどその武器と速度が、今回は命とりだ。

正確に爆撃しようとすれば――

「回避行動なんてとれないでしょう！」

私は引き金を引いた。

ドンッ!!

衝撃とともに銃口から放たれる光弾。

その光弾が、五つの魔法陣の中心を通るたびに加速される。

周囲に放射状に広がる衝撃波。

光の弾丸は見えないレールに乗って、一直線に正面の敵へ。

そして、手前の敵に着弾した。

ドカァアアーーン!!

白い光とともに爆散し、落下してゆく飛竜の破片。

一方、後方を飛んでいたもう一騎は爆発の煽りを受けて姿勢を乱していた。

私はライフルを構えなおし、急降下しながら体勢を立て直そうとしている敵に銃口を向けた。

「次弾、装填っ」

引き金を半引きし、魔力集束弾と五つの加速魔法陣を出現させる。

そして、発射。

　ドンッ!!

加速された光弾が再び一直線に敵に向かう。

次の瞬間、空中に二つ目の閃光が炸裂した。

そうして二騎目が爆散したのを見届けたときだった。

「レティっ!　右だ!!」

ココの叫び声が聞こえた。

5

ココの声に振り返る。

「っ!!」

いつの間にか目前に二騎の飛竜が迫っていた。

放たれる爆裂火炎弾。

（間に合わないっ！）

受けるか、避けるか。

避ければ下の人たちに被害が出るのは確実。

「なら『受ける』しかないじゃない！　——ココっ!!　『単体防御《わたしをまもって》』!!」

再び、魔力がごうっとココに流れる。

「『単体防御《パルト・ディフェンシア》』!!」

キィン、という音とともにココの両手の魔法障壁が拡大した。

「……くっ」

虹色の障壁に迫る、敵の爆裂火炎弾。

そして——

ドドオオオオンッ！！！！

私の目前で二つの火炎弾が炸裂した。

「きゃあっ!!」

捌ききれなかった爆風が私を襲う。

私はその圧力に押されながら、障壁の形を調整して爆風をできるだけ上方と左右に受け流した。

「くっ……！」

肌がひりつく。

ちょっとだけ火傷《やけど》したかもしれない。

「いたいけな女の子に――」

私は、頭上を飛び越え離脱しようとする飛竜にライフルを指向する。

「なんてことするのっ！」

カチッ
ドンッ!!

発射した魔力集束弾が加速する。

そして、着弾。

先導する一騎に続いて回避機動をとろうとしていた、後ろの飛竜が爆散した。

その様子に怖気づいたのか、はたまた怒ったのか。

主力最後の一騎は飛竜の背中をなぐると、一路南の空に向かって逃げはじめた。

「あれだけのことをしておいて……」

ライフルを構える。

銃口に集束してゆく光弾。

次々に展開してゆく加速魔法陣。

私は吐き捨てた。

「逃がすわけないでしょう!!」

ドンッ!!

眩く輝く光球が、加速のレールに乗る。

　バシュバシュバシュバシュッ!!

光は一閃のビームのような残光を残し、回避機動中の敵の翼端をかする。

その瞬間、内包されていた私の魔力が解放され——今までで一番大きな爆発が敵を四散させた。

「——はあっ、はあっ、はあっ！」

単体防御《パルト・ディフェンシア》を行いながらの四騎撃墜に、私は再び魔力酔いに陥っていた。

動悸が速くなり、目眩に襲われる。

でもここで倒れる訳にはいかない。

敵はまだ一騎残ってる。

私はふらつく頭で、周囲を捜索する。

魔力探知で敵の方向を感知し、目視で確認する。

敵はすぐに見つかった。

観測役であろうその一騎は、西に向かって飛びながら何度も回避機動をとっていた。

「逃がさない……」

私は吐き気に耐えながらライフルを敵に指向し、引き金を半引きする。

魔力が、銃床に吸い取られ、

「あっ……」

その瞬間、意識がブラックアウトする。

全身に感じる浮遊感。

——落ちる。

『レティっ!!』

薄れゆく意識の中、私を呼ぶ声が聞こえて————温かい何かに受け止められた気がした。

✶⋆第8章　変化する未来⋆✶

1

すぅーー、すぅーー。

何かの音が聞こえる。

規則正しい、空気が漏れるような音。

それが誰かの寝息だということに気づいたのは、しばらく頑張ってようやく目を開けたときだった。

「…………」

薄暗い部屋の中で、私は目を覚ました。

「ここは……私の部屋?」

天蓋付きのベッド。窓際に置かれたテーブルセット。壁に設置された暖炉。その上にかかる大きな油絵。見覚えのある家具と装飾。

間違いない。

ここは私――レティシア・エインズワースの部屋だ。

そして傍らには、椅子に座ったまま寝ている私の侍女。

「……お嬢…さま?」

目をこすりながら顔をあげるアンナ。

メイド姿の彼女は、寝ぼけているのかぼんやりと私の方を見て——やがて視線が重なった。

「アンナ？」

きょとんとした顔の侍女に呼びかけると、彼女は、

「お嬢さま……っ」

目に涙をためて立ち上がり、飛び込むようにベッドに倒れ込んできた。

そしてそのまま私をぎゅっと抱きしめる。

「お嬢さまっ！　お嬢さまぁああ!!」

私を抱きしめたまま泣きじゃくるアンナ。

私は彼女の背中に手をまわし、とん、とん、と叩いた。

「アンナ……心配させちゃってごめんね」

強く、強く、彼女を抱きしめる。

私たちは互いに抱き合いながら、しばらくそのままおいおいと泣いたのだった。


どれだけそうしていただろうか。

少しだけ落ち着いてきたらしいアンナは、私から体を離し涙を拭いた。

「よかった。本当によかったです。お嬢さまが目を覚まされて」

「……え？　目を覚ましてよかった？」

いつか、どこかで聞いたセリフ。

目元を拭いながら聞き返すと、彼女は微笑みながら頷いた。

「はい。お嬢さまはもう三日間も眠り続けてらっしゃったんですよ」

「み、三日間……？」

ちょっと待って。

このやりとり、前にもなかった？

「王城で倒れられたと聞きました。伯爵様がぐったりされたお嬢さまを抱えて来られて、屋敷に戻ってからもずっと眠り続けてらっしゃったんです。……覚えてらっしゃいませんか？」

「覚えてる。覚えてるけどっ」

まさかあの戦いのあと、落下して死んで、また『巻き戻った』んじゃ……。

あれ？

でも前はたしか――

「聞いてください、お嬢さま！　お嬢さまが寝てる間に、とんでもないことになっちゃったんですよ‼」

「え？」

首を傾げる私に、アンナはポケットから折り畳まれた紙を取り出し、私の目の前に広げて見せた。

「……？」

アンナに渡された紙に目を落とす。

が、暗くてよく見えない。

見えないのだが、載っている絵と文字の大きさと配置から、どうやらそれが新聞記事らしいことが分かる。高価でかつ速報性に難がありながらも一応この世界にも新聞があり、私も時々目を通していた。

問題は内容だ。

暗くてよく見えないけれど、なにか、女性らしき人物が描かれているのが分かる。

紙面からひしひしと伝わる悪い予感。

と、そこでアンナがカーテンを引き開けた。

一気に部屋が明るくなり、目が眩む。

はたしてその新聞に描かれていたのは――

「(ぶっ)」

思わず噴き出しそうになる。

私はアンナの方を向く。

目を逸らすアンナ。

「ねえ、ちょっと訊いていい?」

「どうされましたか、お嬢さま」

「これは何?」

「昨日の新聞でございますよ、お嬢さま」

「なんでこんなことになってるの？」

「記者の方々は耳がとても良いようですね、お嬢さま」

「なんで目をそらすのよ」

「そらしておりませんよ、お嬢さま」

「そらしてるじゃないっ！　っていうか、なんなの？　この記事は？？？」

「原因があって結果がある——ということじゃないかと思いますよ、お嬢さま。——っ」

苦笑いなのか笑いをこらえているのか分からない、変な顔で答えるアンナ。

「なんで……」

記事を持つ手がぷるぷる震える。

「なんで私が、新聞の一面になってるのよぉお!?」

思わず、力いっぱい叫んでしまった。

記事の見出しはこうだ。

『レティシア嬢、新型魔導武器で飛竜退治！』

なんかもう、色気も何もあったもんじゃない。

さらに小見出しだけ拾い読みする。

『白昼の決闘！　飛竜対伯爵令嬢』

『騎士語る「死を覚悟したとき、目の前に銀髪の天使が舞い降りた」』

『父オウルアイズ伯爵「娘の可憐さは至高の智より滲み出るもの」』

――ちょっ、お父さま⁉

なんかもう色々酷い。

記事の見出しも、記事の内容も。

その記事に添えられたイラストがまた酷かった。

そこには、ドレス姿でスカートを翻し、二体のクマを伴って魔導ライフルを持った『私』(美化二〇〇%)の姿が描かれていた。

「ちょっとおおおおお？？！！」

今起きたばかりとは思えない私の大声に、一分とたたずお父さまが飛んでくる。

その日の晩には、お兄さまたちも屋敷に戻って来ていたことは、言うまでもない。

2

結論から言うと、アンナは正しかった。

私が寝てる間に私をとりまく環境はとんでもないことになっていたのだ。

「あの記事は一体どういうことですか？　お父さま」

目を覚ましたその日の晩、家族で夕食のテーブルを囲みながら私は父を問い詰めていた。

ちなみに私は例によってスープのみだ。

「いや、まあ、その……なんだ」

居心地悪そうに目をそらす父。

父が新聞に私の記事を載せることを許可したのは、まあ目を瞑《つむ》ろう。

飛竜による王城襲撃は、多くの王都住民の目撃するところとなっていた。

王家として人心を落ち着かせるため、事情を明らかにしなければならなかったというのは理解できる。

だけど、お父さまのあのインタビューと私のイラストはやり過ぎだ。

「この記事の私の絵……美化が行き過ぎな点はともかく、とってもよく描けてますよね」

「(ぎくっ……)」

お父さまが分かりやすく反応する。

「何か参考になるものがないと、ここまでそっくりには描けませんよね?」

「(ぎくぎくっ……)」

お父さまの反応が、イタズラがバレたときの男子のそれだ。

「まさか、私の寝顔をスケッチさせたんじゃ――」

「そっ、そんなことはしてないぞ。あんな可愛い寝顔を一体誰が他の奴に見せるものか」

「(ぶっ……)」

笑いをこらえる兄ふたり。

「ふぅん……。では『何を』されたんですか?」

「そっ、それは……」

「それは？」

「（ごにょごにょ）……したんだ」

父がぼそぼそと何か言った。

「聞こえませんわ、お父さま」

カチャリと食器を置きじろりと睨むと、父は「ひいっ」とでもいうようにのけぞり、白状した。

「せ、先日の誕生日に描かせたお前の肖像画のスケッチを許したのだ」

私は、バンッ、とテーブルをたたいた。

「何を勝手なことをされてるんですか、おとーさまっ!!」

「すっ、すまんレティっ！」

平謝りするお父さま。

その横で兄たちがボソボソと言葉を交わしていた。

「（……怒ったときの母上そっくりだね）」

「（ちがいない）」

「おにーさま。何かおっしゃいまして!?」

「「（ぶるぶるぶる）」」

兄たちまで青ざめて首を振りはじめたのだった。

新聞へのコメントや私の肖像画のスケッチを許可したことについてひと通りお父さまに文句を言った私は、とりあえず矛《ほこ》を収めることにした。

やってしまったものは仕方ないし。どうせもう手遅れだし。

それにやはり情報公開は王陛下の方針だったらしいので、やむを得ない面はあったと思う。

やり過ぎなのは、間違いないけどね！

ちなみに掲載されたイラストが美化されていたのは、お父さまが何度もダメ出しをしたかららしい。

……もう言葉もないです。お父さま。

私のお説教がひと息ついたところで、グレアム兄さまがお父さまのフォローに入った。

「まあ、レティの怒りももっともだ。だけどあのとき――お前が空中から落下したとき、真っ先に飛んでいってお前を受け止めたのは父上なんだぞ」

「えっ、そうなんですか？」

私が尋ねると、お父さまは「う、うむ」と小さく頷いた。

「お前の様子を見ていた父上は、お前がよろめいたときにはもう詠唱しながら走りだしてたんだ。それだけ父上がお前のことを大切に思っているってことは、知っておいてあげてくれ」

そうか。

あのとき私を受け止めてくれたのは、お父さまだったのか。

――覚えている。

意識が遠くなり、深い闇に落ちてゆく中。

私をしっかり受け止めてくれた、力強い腕を。

そして、その温《ぬく》もりを。

私は席を立ち、お父さまのところに歩いていく。

「レティ？」

戸惑いながら私を見つめるお父さまに、私は——

「ありがとう、パパっ」

力いっぱい抱きついた。

自然と涙があふれ、止まらなかった。

3

その後。

私が落ち着くのを待って、父と兄たちは私が寝ていた間に起こった出来事を話してくれることになった。

「一番大きな事件は、王党派筆頭のオズウェル公爵が宰相職を更迭《こうてつ》されたことだね」

いきなりとんでもない話を口にするヒューバート兄さま。

「こ、更迭ですか？」

「ああ、更迭だ」

頷くグレアム兄。

「なんでまた？」

「例の襲撃の件で、公爵に外患誘致の疑いが掛かってる」

「――っ！」

実はあの日、戦いながら不思議に思っていたことがあった。

回帰前には四年後の侵攻まで秘匿されていた公国の竜操士《ドラゴンライダー》が、なぜあのタイミングで姿を現したのか。

そして敵はなぜ、迷わず一直線に陛下とジェラルド殿下がいる第二練兵場を狙ってきたのか。

「あの襲撃を公爵が手引きした、ということですか？」

「そういうことだ。まだ証拠は見つかってないがな」

お父さまが頷いた。

「――あの後。お前を屋敷に連れ帰ってすぐ、グレアムがうちにやってきた。陛下からの『内密に会いたい』という親書を持ってな」

父の言葉に頷く兄。

「すぐにグレアムが用意した馬車で城に向かい、裏門からひそかに入城した。そして指定された部屋に行くと、コンラート陛下とジェラルド殿下が待っておられたのだ」

「！」

私はあまりの話の展開に唖然としてしまった。

「陛下は仰った。『あの襲撃は自分と息子を狙ったものだ』と。そして『城内に内通者がいる』ともな」

「それがオズウェル公爵、ということですか」

「そうだ」

私の問いに、父が頷く。

「今回の謁見の時間と場所を、初期に正確に知ることができた人間は限られる。――陛下と我々、そして時間と場所を決めた宰相だ」

「陛下と殿下、それに第二騎士団が攻撃され、アルヴィン王子と第一騎士団がその場にいなかった。――王党派にとって、なんとも都合の良い話だと思わないか？」

父と兄が語る、ぞっとする話。

気がつくと、膝の上に置いた自分の手が震えていた。

父はそんな私の肩をぽん、ぽん、と叩き微笑した。

「そこで、我が身を顧みず皆を守ろうとした、我が家門に白羽の矢が立ったわけだ」

グレアム兄が話を引き継ぐ。

「陛下たちとの話し合いで、あの襲撃が外国の攻撃である可能性を検討したんだ。飛竜の編隊はとても組織的に攻撃を仕掛けてきた。まず斥候《せっこう》が目標を確認して花火で合図を送る。その合図に合わせて太陽を背にした四騎が急降下。一撃離脱で北の方角に飛びぬけた。――戦術、装備、部隊の練度。それらが高いレベルで揃っている。どう考えてもあれは傭兵や冒険者じゃない」

「我々四人の結論として『あの竜に乗った兵士は、他国の正規兵で間違いない』という話になった。どこの国の兵か確証はないが、おそらくブランディシュカ公国だろう、と」

「それで『外患誘致』なのですね」

私の言葉に頷く三人。


――私は知っている。

お父さまたちの推測は正しい。

あれは公国の正規兵、新兵科の『竜操士《ドラゴンライダー》』だ。

その敵を、宰相が呼び寄せた。

巻き戻り前の記憶が頭をよぎる。


公国による西部地域への侵攻。

飛竜に殺されたジェラルド殿下とグレアム兄さま。

王族暗殺未遂の濡れ衣を着せられ処刑された、私とお父さま。


――それらがもし、公爵によって仕組まれたものだとしたら?

「……赦《ゆる》せない」

思わず漏らしたその言葉に、三人がぎょっとした顔で私を見た。

巻き戻り前、私たちは何者かの罠にはまり殺された。

そして、今回も。

ココとメル、それに魔導ライフルがなければ、私たちは飛竜によって殺されていただろう。

(今度こそ、罪を償わせる)

前回グレアム兄さまを殺した竜操士は、命をもってその罪を償わせた。

今度は公爵の番だ。

「それで、この後はどうなるのですか?」

私の問いに、グレアム兄が答える。

「オズウェル公爵家の屋敷にはすでに第二騎士団が捜査に入ってる。公爵は自宅拘禁で取り調べ中。所有の商会は封鎖。逃げた敵についても現在行方を追っている」

そこで、今まで黙って話を聞いていたヒューバート兄さまが口を開いた。

「通常の手続きなら二週間ほどで調査が終わって一ヶ月後に裁判が行われるだろうね。ただ、今回は事が事だから。元老院に特別法廷が設置されるかもしれない」

「恐らく、そうなるだろう」

父がヒュー兄の言葉に頷いた。

「大丈夫。俺の仲間は優秀だから、きっと証拠を掴んでくるさ」

最後に、グレアム兄がそう言って私の頭をなでてくれたのだった。

4

それから二日間。私は体調の回復に努めながら、庭を散歩したり、ココとメルを進化させるために魔導回路を設計したりして過ごしていた。

そんなある日。

グレアム兄が人を連れて屋敷にやってきた。

同行者は三人。

二人は第二騎士団の騎士たち。残る一人は司法省の人らしい。

「実は捜査の過程で、二つほどよく分からない魔導具が見つかったんだ。魔石が使われているんで魔導具なのは間違いないんだが、用途が不明でね。王立魔導工廠《こうしょう》に調べさせたけど匙《さじ》を投げやがった。

それで、父上とレティにも見てもらおうと思って持ってきたんだ」

突然の話に、ぽかんとするお父さまと私。

それでも『一応見てみようか』ということで、談話室に台を持ってきて問題の魔導具を並べてもらうことにした。

「まず最初に見てもらいたいのは、こいつだ」

騎士たちがもう一つの魔導具を取りに行っている間に、兄は革袋から一つの木箱を取り出した。

それは、有名な色合わせ立体パズルをひとまわり大きくしたくらいの箱。

「上面についているのはスイッチでしょうか。――まわしてみても構いませんか？」

「構わないよ」

私は差し出された箱の上面に配置されている、回転スイッチらしきもののつまみを捻ってみた。

カチッ
「…………。何も起こりませんね」

「開けてみると分かるけど、中の魔石が切れてるんだ」

お兄さまの言葉に、箱を開けてみることにする。

側面に二か所あるツメを押しながら上蓋を引っ張ると、幸いなことに簡単に上蓋を外すことができた。

「これは……中は意外とシンプルなんですね」

私が箱を開けると、真っ先に目に飛び込んできたのは魔石スロットだった。

なるほど。確かにスロットに嵌っている魔石は魔力を使い果たしている。

「魔石を交換しても？」

「いいよ。――これを使うといい。騎士団の支給品だ」

そう言って渡された魔石を、スロットに嵌めてあった魔石と交換しようとする。

――が

「ん？」

首を傾げる私。

「お兄さま。この魔石、サイズが違います」

「なに？」

目を細めたお父さまに、私は二つの魔石を並べて見せた。

「全長はほぼ同じですが、お兄さまから渡されたものに比べて、少し太いと思いませんか？」

「ふむ……なるほど。確かに幾分太く見えるな」

難しい顔をして考え込むお父さま。

すると横からお兄さまが説明してくれた。

「実はその魔石、我が国の標準魔石より五㎜ほど太いんだ。そしてわずかに短い。スロットにぴったり収まっていたから、ただの加工ミスという訳ではないだろう」

「つまりこの箱は外国製、ということですか？」

「おそらくね。だが知っての通り、周辺の国々はみな我が国の標準魔石に合わせて魔石を加工している。もちろん公国もね。騎士団で他国の魔導武具をテストすることもあるけど、サイズ違いの魔石なんて見たことがないよ。——その魔導具がどこで作られたものか、結局、魔導工廠でも分からなかった」

兄の言葉に「ううむ」と唸るお父さま。

「規格違いの魔石か……。聞いたことがないな」

首をすくめる父と兄。

私自身、そんなものは見たことも聞いたことも――

「……ん？」

何かが、引っかかった。

記憶の奥底にある何か。

おぼろげな記憶が、胸騒ぎのように私の心をかき乱す。


蛇のように駆け巡る紫の閃光。

悲鳴をあげてもがき苦しむ『彼』。

床に転がる黒くおぞましいもの。

そのはみ出たはらわたの中に見えた、縦横比のおかしい魔石スロット。


あれは確か――

「レティ？」

「はいっ!?」

私を呼ぶグレアム兄の声に、はっと我に返る。

「大丈夫か？　顔色が悪そうだけど」

「は、はいっ。大丈夫です」

私は思い出しかけていたその記憶を、ひとまず胸の奥に仕舞っておくことにする。

——回帰前の辛い記憶。あれは、私の失敗の記憶だ。

ひょっとすると目の前の箱と関係があるかもしれない。

だけど断定はできない。比較すべきサンプルもない。

……今はまだ。

私は気を取り直すと、兄から渡された魔石をスロットに押し入れた。

サイズが違うので当然ぴったりとは嵌らない。

それでも少しだけ指に力を入れて押し込んでやると、なんとかスロットに収まった。

「それでは、スイッチを入れますね」

私の言葉に、頷く二人。

カチッ
スイッチを入れた瞬間、スロットに繋がった魔導金属線《ミストリール》に魔力が流れ、隣の毛の束のような部品に魔力が流れこむ。

そうして大幅に減衰した魔力は、さらに隣に置かれた『薄い板』へ。

——ィイイイィン
風を切るような音が聞こえる。

それだけじゃない。

——カタカタ、カタカタ——

私の肩掛け鞄が微かに震えていた。

「まさか……！」

私が鞄を開き、二体のテディベアを取り出して台の上に寝かせると、クマたちははっきりと分かるくらいに振動していた。

「襲撃の直前に聞こえた『音』と同じです」

「なんだと？」

私の言葉に、お父さまが目を見開く。

一方で、兄はこの結果を予想していたようだった。

「実際、襲撃の直前にある兵士がその魔導具のスイッチを入れたことを認めている。ただ彼は『脅されてやったので、それにどういう意味があるのかは分からない』と言っていたけどね」

グレアム兄さまの言葉に、私は箱を見つめる。

一部の人にしか聞こえない音を出し、ココとメルを反応させる魔導具。

一体これに、どんな意味があるんだろう？

私が考えこんでいたときだった。

「――あれ？」

突然ぴたりとココとメルの振動が収まった。

ついでに音も止《や》んでいる。

「ひょっとして壊れたか？」

首を傾げる父。

箱の中の魔石を見た私は、首を振った。

「――いえ、魔力切れのようです」

「もう魔力を使い切ったのか……。すさまじく魔力消費の激しい魔導具だな」

先ほど交換したばかりの中型魔石はすでにその光を失っていた。

この魔石は国からの支給品だと先ほど兄が言っていた。

つまりその辺で売られている廉価品と違い、ちゃんと加工され魔力が安定化されているはず。

照明などの一般的な用途であれば、点けっぱなしでも数日はもつはずなのに。

「一体、何に魔力を使っているんでしょうか」

私が考え込んでいると、

「魔法が発動してるようには見えなかっただろ？　――もう一度試してみるか」

お兄さまがまた新しい魔石をポケットから取り出した。

私は魔石を受け取り、新しいものに取り換える。

「外に魔力を放射しているのは、間違いないと思うんですが……」

「私は何も感じないぞ？」

「俺もだ。特に魔力は感じられないが……」

訝《いぶか》しげに私を見る二人。

「私もです。ですが――ほら。スイッチを入れるとココとメルが反応しますし」

そう言って、スイッチのオン・オフを繰り返す。

クマたちはスイッチに合わせ、振動しては止まる、ということを繰り返していた。

「魔導器を埋め込んだクマたちがこうして反応していますので、やはりなんらかの魔力放射があるんじゃないかと思います」

「魔導具師である私たちですら感じとれない魔力、ということか？」

「はい。どうやらきちんと調べた方がよさそうですね」

私がそう言ったとき、部屋に大荷物を抱えた二人の騎士が戻ってきた。

5

とりあえず木箱の方はあらためて調べなおすことにして、今度は新たに運び込まれてきた魔導具に目を向ける。

騎士たちが梱包を解き、台の上に部品を並べてゆく。

「この魔導具は、オズウェル公爵の屋敷の地下で押収されたものなんだ。——ちなみに、こいつも木箱と同じサイズの魔石を使ってる」

腕を組み、考えながら説明するグレアム兄さま。

私はお兄さまを振り返った。

「それって、公爵が襲撃に関係してるのはほぼ確定、ということじゃないですか」

「俺たちから見ればね。だけど、それだけで決定的な証拠というのはちょっと無理があるかな。『偶然だ』と言い張られたらそれを崩すのは難しいだろう。――公爵を追い詰めるには、もっと確実な証拠が必要だ」

私とお兄さまがそんなやりとりをしていたときだった。

「……なんだこれは？」

台の上に置かれた魔導具を観察していたお父さまが、首を傾げた。

その魔導具は、いくつかの部品《パーツ》に分かれていた。

複数のダイヤルとスイッチが埋め込まれたミカン箱くらいの箱。

箱から伸びる、長い長い魔導金属線《ミストリール》。

そして魔導金属線《ミストリール》で箱に繋がっている、板の上にわずかに浮かせて取り付けられた押しノブ。

それらを見た瞬間、私は息を呑んだ。

――なんでこんなものが公爵邸にあるの⁉

目の前の魔導具は、私が知る『あるもの』に酷似していた。

と言っても、その記憶の主は私《レティシア》じゃない。

異世界で生を受け生きていた、宮原美月のものだ。

美月は高校生の頃、オタクの兄に誘われて横須賀に行ったことがあった。

目的は、日本に現存する唯一の戦艦『三笠』の見学。

英国のヴィッカース造船所で建造されたその戦艦は、後の日露戦争で旅順港閉塞作戦、黄海海戦などに参加。

最後の決戦となった日本海海戦では連合艦隊旗艦として艦隊の先頭に立ち、敵前大回頭からの並行戦でロシアのバルチック艦隊を撃破。日本海軍を勝利に導いた殊勲艦だ。

退役後は戦後の荒廃などを経て、多くの人の力によって復元され、記念艦として保存されていた。

そんな三笠を訪れた美月は、艦内をまわる中で、通信室に展示されていたある機械に魅せられた。

それが、復元された『三六式無線電信機』。

電鍵と呼ばれるスイッチで、ツー・トン・トン……とモールス信号を打つあの通信機だ。

日本海海戦の勝利の影の立役者が、まさにこの通信機だった。

バルチック艦隊が日本に近づき、海軍が血眼《ちまなこ》になってその行方を追う中、未明に敵艦隊を発見した仮装巡洋艦『信濃丸』はこの通信機で「敵艦隊見ゆ」を打電。

その後、敵艦隊との接触を引き継いだ巡洋艦『和泉』も、この通信機で敵艦隊の位置と進路を報告し続け、先に述べた連合艦隊による敵艦隊撃滅につながった。

美月にとって、その通信機は衝撃だった。

電気による恩恵がやっと人々に行き渡り始めた頃のこと。

インターネットはおろかテレビもない。

やっと外国でラジオの原形となるもののテストが始まったくらいというその時代に。

日本の命運を賭けた戦いの勝利は、小さな電鍵が生み出す『情報』によってもたらされた。

その事実と、目の前にある当時世界最高の性能を誇った国産通信機が、美月の心を揺さぶったのだった。

6

今、私の目の前には、まさにその通信機を構成する『電鍵』がある。

これが魔力を用いた通信機であることは、まず間違いない。

問題は――

「お兄さま、少しお聞きしたいのですが」

「ああ、どうした？」

「この長い方の魔導金属線《ミストリール》ですが、どこに繋がっていたか分かりますか？」

私の問いに、兄は傍らの騎士を見た。

「フランク、この魔導具を発見したのは君だったな？」

「はい。私です」

頷いた騎士フランクは、私の前までやってきて立礼した。

「レティシア嬢、先日は我々を守っていただきありがとうございました。こうして直接感謝を述べることができ、光栄です」

そう言って笑顔を向ける騎士フランク。

「え、えっと……どういたしまして？」

突然の感謝の言葉に、思わず語尾が疑問形になってしまう。

「今のお嬢様のご質問ですが、この線は壁を伝って屋根に伸びておりましたよ」

「屋根……」

私は考え込んだ。

この線が地面に伸びていたなら有線通信と断定できる。線をたどることで公爵がやりとりしていた相手もすぐに特定できただろう。

が、騎士フランクはこの線が『屋根に伸びていた』と言った。

つまり、この通信機は無線用だ。通信先を特定するのは容易じゃない。

「屋根に伸びた線の先は、どんな風になっていましたか？」

「ええと、確か…………そうだ。屋根の上の木製の骨組みに巻きつけられていましたね」

思い出しながら、大事な情報を口にする騎士フランク。

私はさらに前のめりになって尋ねる。

「線は適当に巻きつけてありましたか？　それとも何か、図形を描くように巻きつけられていましたか？」

「図形と言ってよいのか分かりませんが、丸や三角や四角い形の骨組みに沿うようにして巻きつけてあったと思います」

「それですっ！」

私は興奮のあまり、思わず叫んでしまった。

「レティ、ひょっとしてこの魔導具がなんなのか、分かったのかい？」

お父さまの問いかけに、私は少し考えてから頷いた。

「はい。確証はありませんが、おそらく」

「すごいな。私には見当もつかないぞ」

驚く父。

隣のグレアム兄が尋ねる。

「それで、この魔導具はなんなんだい？」

「……ある種の『通信装置』だと思います」

「通信装置？」

「はい。狼煙《のろし》のように、離れた場所同士で情報をやりとりする魔導具ではないかと」

「のろし……」

私の言葉に、その場にいた全員が絶句した。

最初に口を開いたのは、グレアム兄さまだった。

「するとオズウェル公爵は、この魔導具で遠くの誰か――例えば外国の人間と秘密裏に情報のやりとりをしていた可能性があるってことか」

険しい顔で呟く兄。

その言葉に父が答える。

「もしそれが証明できるなら、あの事件の日、なぜ隣国の兵士が陛下と殿下が揃うタイミングで襲撃できたのかの説明がつくかもしれんな」

「レティ、これが通信装置だという見立ては間違いないのか？」

兄の言葉に私は逡巡した。

この魔導具が通信装置なのは、十中八九間違いない。

だけど今ここでそれを言い切るのはどうだろう？

私は美月の記憶で『これ』の正体を知っているからそう言い切れるけれど、他の人はそうじゃない。

確かな証拠が必要だ。

「お兄さま。この魔導具、使える状態にありますか？」

「いや、どのスイッチを押してもうんともすんとも言わん。魔石を交換してもダメだ。中を調べたが、物理的に壊れているよ」

「箱の蓋を開けても？」

問われた兄は司法省の役人に目配せする。

「証人になります」

若い役人が頷いた。

「よし。蓋を開けよう」

こうして私たちは、謎の魔導具の中身を確認することになったのだった。

「これは……魔導基板か？」

訝しげに呟く父。

私は頷いた。

「木製の基板ですね。我が家門のように樹脂を使っていないので、とても大きいですが」

「魔導金属線《ミストリール》が溶けてしまっているな」

父の言う通り、基板上の線はほとんど溶解して原形をとどめていない。

私は魔石からのラインをたどり、一つの結論に至った。

「自壊装置ですね」

「「自壊装置？」」

同時に聞き返す父と兄。

「はい。この背面の赤いボタンを押すと、強力な魔力が流れて基板が壊れるようになっているんです。——おそらく第二騎士団に踏み込まれた際、この装置の機能を秘匿するために破壊したのでしょう」

私の言葉に、グレアム兄さまが苦い顔をした。

「くそっ。それじゃあやはり、この装置を証拠にすることはできないか……」

悔しそうな兄。

そんな兄に私は微笑んだ。

「大丈夫です。この魔導具はちゃんと証拠になります」

「だけど、基板が壊れて魔導回路の跡形もないぞ？」

「私が直します」

「「えっ⁉」」

父と兄が目を見開いた。

「機能が分かっていて、基板以外の部品はきれいな状態で残っているんです。これだけあれば、十分復元は可能です」

「本当に、直せるのか？」

驚き尋ねるお父さまに、私は頷いた。

「はい。一体誰にケンカを売ったのか……。我が家門の――エインズワースの知恵と技術を、公爵に見せてさしあげましょう！」

7

翌日の夕方。

私はアンナと一緒に、もはや常連となりつつある工房街の王都工房を訪れていた。

「それで今日はどうしたんだ？　お嬢さま」

カウンターごしにニヤリと笑ったのは、工房長のダンカンだ。

色々あったけど、今は彼ともかなり信頼関係が築けているように思う。

私自身、材料や加工などで分からないことがあるとちょくちょく相談しに来ているし、ダンカンも最近は多少余裕ができたのか、こんな感じで気軽に相談に乗ってくれている。

やはりお父さまにお願いして、オウルアイズの本工房から応援を送ってもらったのは正解だった。

私は彼との関係を振り返って内心苦笑しつつ、要件を切り出した。

「実はあるところから魔導具の調査を頼まれてるの。だけど、どうしても機能が分からなくて……。それでみんなの意見を聞きにきたのよ」

「ほう、どんな魔導具なんだ？」

訊かれた私が振り返ると、アンナがそれを袋から取り出して渡してくれた。

「これなんだけど」

差し出したものを受け取り、まじまじと見るダンカン。

「……スイッチつきの木箱、か」

それは、グレアム兄さまから相談された例の木箱。

実は通信機の回路図面を引く傍らで色々と考えてみたのだけど、どういう機能を持つのか、何の用途で使うものなのか、私にはさっぱり分からなかったのだ。

「箱を開けても？」

「いいわ。ただし、大切なものだから傷つけないようにしてね」

「ほいほい」

言いながら、箱を開けるダンカン。

「むぅ……。回路らしい回路がないんだな」

箱を手に、様々な角度から内部を観察していた工房長は、顔を上げるとニヤリと笑った。

「なかなか面白そうじゃねーか。――うちの連中を集めるから、上で待っててくれ」

「わかったわ。ありがとう！」

私はにこりと笑うと、ダンカンが開けてくれたカウンターの扉を抜け、アンナと共に奥の階段を上ったのだった。


王都工房の二階は、事務所と会議室、それに倉庫になっている。

その中で私がよく使うのは、会議室。

そこは元々隣にあった設計室の壁を壊してつなげた大部屋で、図面を何枚も広げられる大型卓が中央にあり、傍らには製図台が。棚には各種の検査器具。そして魔導ごてまでもが置いてあった。

魔導具の打ち合わせをするには、まさにもってこいの場所なのだ。


間もなく、工房のみんなが集まってくる。

いつものフルメンバー。

そこに、本工房から応援にきた若手の凸凹コンビが加わっていた。

「おや。王都工房じゃあ、全員でミーティングをやるんですね」

「向こうじゃベテランしか参加できなかったですからねえ。楽しみですね、はい」

そう言って嬉しそうにしている凸さんと凹さん。

それを見たジャック少年がニヤニヤしている。どうやら王都工房を褒められたと思ったようだ。

「よし。全員集まったな」

メンバーを見回したダンカンが口火を切った。

「今日は、お嬢様が持ってきたソイツについての相談だ」

そう言って、私の手の中にある例の箱を指差す。

「見ての通り、スイッチが一つあるだけの箱だ。が、何に使うかが分からん」

私は立ち上がるとみんなを見回した。

「みんな、仕事中にごめんね。どうしても急ぎで見てもらいたくて」

「お嬢の頼みなら最優先だろ、お？」

ヤンキー君がそっぽを向いてそんなことを言い、ローランドさんが苦笑しながら頷いた。

「気にしないでください。みんなレティシア様の力になれるのが嬉しいんです」

「ありがと！　――それじゃあ、とりあえずスイッチを入れるから、見ててね」

私は鞄からココとメルを取り出して机の上に置くと、箱のスイッチを捻った。

――ィイイイィィイ
カタカタ、カタカタ――

微かに聞こえる風切り音と、振動するクマたち。

「変な音が聞こえるな」

ぼそりと呟くジャック。

「俺には音なんて聞こえねぇが……。それより、魔力も出てないのになんでそのクマが反応してるんだ？」

ダンカンはダンカンで、思いきり首を傾げている。

私はスイッチを切った。

「今見てもらった通り、スイッチを入れると風切り音のような音が聞こえたり、魔力も感じられないのに魔導器が反応するの。正直なところ、原理も分からないし、用途も分からない。だけど、これがある事件のとても大事な『鍵』になってるみたいなのよね」

私の言葉に、「うーん……」と唸る工房の仲間たち。

「それ、中を見せてもらってもいいかい？」

隣のおばさんの言葉に頷き、箱の蓋を開いて手渡す。

皆は「うーむ」とか「なるほど」とか呟きながら、順に箱をまわしてゆく。

……何か分かったのかしら？

そんなことを思いながら彼らの反応を見ていると、最後に箱を手にした前工房長が、意外な行動に出た。

「（くんくん）」

「ちょ、師匠っ。何やってんだ」

ドン引きする弟子を無視して、今度は箱の中に指を突っ込み、スイッチのオン・オフを繰り返すお師匠さま。

「おいこらっ。師匠っ、壊しちゃダメだって」

横から箱を取り上げようとした弟子に、そのまま素直に箱を手渡したお師匠さまは、けろりとした顔でこう言った。

「なに。臭いを嗅いでおったのよ」

「んなこたあ、見りゃあ分かる。なんでそんなことしてんだよ」

「そりゃあお前、何やら毛のようなもんがあったじゃろ。あれが何かを確認するには、臭いを嗅ぐのが一番じゃろうて」

ほっほっほ、と笑うおじいちゃん。

「それで、何か分かったのかよ」

弟子の質問に、前工房長はすました顔でこう言った。

「ありゃあ、魔物の毛じゃな」

「は？」

「あの毛で、魔力の性質を変えとるんじゃよ。——人が感知しにくい性質にな」

「「ええええええええっ!?」」

私たちは驚きのあまり、思わず声を上げたのだった。

『人が感知しにくい魔力』。

前工房長が口にした可能性は、その場にいた全員に衝撃を与えた。

もちろん私にも。

もしおじいちゃんの推測が正しいなら、あの箱が魔力を放射することをどうやって証明すれば良いだろうか。

その後みんなで、あーでもない、こーでもないと話し合った私たちは、最終的にある魔導具の開発に取り組むことを決めたのだった。

✶⋆第9章　裁判⋆✶

1

一ヶ月後。

私は父と兄たちと一緒に、馬車で王宮に向かっていた。

「それで、首尾はどうなんだ？　兄貴」

向かいに座るヒューバート兄の問いに、グレアム兄は少し考えたあと、口を開いた。

「やれることは全てやった。証言も証拠も集められるだけ集めた。あとは議論の行方次第、というところだ」

「勝率は？」

「五分と五分」

「それはしんどいな」

ヒュー兄が首をすくめた。

今日の裁判は事前の予想通り、元老院で『特別法廷』として開かれることになった。

検察側と弁護側が弁論で争うのは、普通の法廷と同じ。

違うのは、判決を下すのが陛下と元老院、そこに判事を加えた合議体だということ。

被告人は、現宰相・オズウェル公爵。

この裁判は、公爵による外患誘致と、陛下とジェラルド殿下に対する暗殺未遂について争われる。

今日の私たちは、父が元老院議員、グレアム兄が第二騎士団代表の特別検事、ヒュー兄が関係者特別傍聴、そして私は参考人、という立場で裁判に臨む。

「なるべく出番が来ないよう頑張るつもりだが……もしものときは頼むぞ、レティ」

「はい！」

グレアム兄の言葉に頷く私。

隣の父が私に言った。

「うまくやろうとしなくて良い。私たちがここまで来られたのは、そもそもお前のおかげなんだ。証拠は集めた。議員たちへの根回しもした。後は判決を勝ち取るだけだ」

「大船に乗ったつもりで、がんばりますっ」

ぐっ、とこぶしを握る私を、お父さまが抱きしめてくれた。


この一ヶ月。私たち――父と兄、エインズワース工房の職人たち、そして第二騎士団は、裁判に向けて全力で準備をしてきた。

私は魔導通信機の復元と、とある魔導具の設計を。

その魔導具の製作は王都工房が行い、資材発注やスケジューリングなどはヒュー兄が手伝ってくれた。

グレアム兄は第二騎士団、司法省との橋渡し役となり、父は陛下への進捗報告と、他の貴族たちへの根回しに奔走した。

これは、我がエインズワースと王党派貴族との全面戦争。

二度と……二度と、回帰前のような結末にはさせない。

ジェラルド殿下を謀殺し、陛下を害し、我が家門を滅ぼした王党派とオズウェル公爵を、私は絶対に赦さない。

私は深呼吸すると、窓から見えてきた元老院の議場を見つめ、そう決意したのだった。

2

議場は異様な熱気に包まれていた。

先の事件では、第二騎士団の騎士たちが命の危険に晒された。

彼らの大部分が新貴族家門の者たちであり、グレアム兄のように嫡男である者も多かった。要するに新貴族・元老院派の貴族たちにとってあの事件は、自らの家門への直接攻撃に等しいのだ。

公爵の罪が事実なら、到底赦せるものではないだろう。

一方で、王党派の貴族にとってもこの裁判は負けられない戦いとなる。

オズウェル公爵が有罪となれば彼の協力者にも捜査の手が伸びる。後ろ暗い家門は多いだろうし、そもそも王党派の中心である公爵家が取り潰しになれば派閥そのものが瓦解するだろう。

そうして元老院派と王党派の議員はあちこちで睨み合い、場合によっては上品な言葉で罵《ののし》り合っていたのだった。

私たちが席についてしばらくすると、侍従の先触れがあり、やがて王家の人々が姿を現した。

コンラート陛下にジェラルド殿下、それに少し離れてアルヴィン王子が入場してくる。

陛下と殿下は颯爽と。第二王子は精神が不安定なのか、ギョロギョロと目を動かし、視線をあちこちに彷徨《さまよ》わせていた。

(ストレスに弱いタイプなのね)

そう思い冷めた目で見ていると、やがて私たちを見つけたようだった。

突如として、その表情が変わる。

目を血走らせ、歯を剥き出し、すごい形相で睨んでくる第二王子。

「(ふっ)」

「どうした？　レティ」

隣のヒュー兄が尋ねる。

「いえ、なんでこの場にお猿さんがいるのかと思って」

「お猿さんて……ああ」

顔に手をやり、笑いをこらえるヒューバートお兄さま。

「レティ、口が悪いよ」

「お兄さまだって笑っているじゃないですか」

「君が変なこと言うからだろ」

「ほら、二人ともそろそろ静かにしなさい。始まるぞ」

隣のお父さまに嗜められ、私とヒュー兄は前に向き直る。

——そして、裁判が始まった。


裁判の進行というのは、どこの世界でもあまり変わらないらしい。

陛下によるお言葉に続いて、サンタさんのような容姿の裁判長が開廷を宣言。

検察官によって起訴状朗読が行われ、被告側弁護士がその起訴状に対する認否を明らかにする。

弁護側は、起訴状の内容を「事実無根」と一蹴した。

「…………」

私は被告席に座るオズウェル公爵を凝視していた。

『冷血公』のあだ名を持つ現職の宰相。

黒髪に口髭を生やした五〇代半ばのその男は起訴状朗読中も眉ひとつ動かさず、まるで『他人事だ』とでも言うように置き物のごとく座っていた。

その姿は回帰前の即決裁判で私とお父さまを死刑に追いやったときと変わらない。

「レティ、大丈夫？」

隣のヒュー兄が心配そうに声をかけてきた。

「大丈夫です。ありがとうございます、お兄さま」

「そうか。ならいいんだ」

微笑する兄。――と、お父さまが、ぽん、ぽん、と私の膝をそっとたたいた。

「あまり気を張り過ぎないようにな」

「……はい、お父さま」

(そうだ。気を張る必要なんてない。私は一人じゃないんだ)

二人の言葉で気持ちが軽くなった私は、もう敵を見ることなく、検察官と弁護士の言葉に集中した。

3

互いの主張の確認が終わると、いよいよ証拠調べに入る。

ちなみにここまでの起訴状朗読と冒頭陳述は司法省の本職の検察官によって行われた。

グレアム兄の出番はここからだ。

兄は当日の現場の状況について説明すると、こう切り出した。

「我々の捜査によれば、飛竜による襲撃の直前、これらを適切なタイミングで誘導できるよう合図を送った者がおります」

兄の言葉に、議場がざわついた。

「実はこのとき、現場にいたオウルアイズ伯爵令嬢より『変な音が聞こえる』という訴えがありました。この発言は陛下を含め多数の者が確認しており、また後日の聴取で現場にいた数名が彼女と同様の証言をしております」

そう。あのときの『音』のことだ。

「では、一体誰が、どうやって飛竜に合図を送ったのか。――事件直後の事情聴取で、襲撃の直前に『便所に行く』と言って現場を離れた不審な兵士がいたことが分かりました。我々はすぐに彼を呼んで身体検査を行ったのですが、その際に見つかったのがこれです」

そう言って兄は証拠品を並べた机の上から、例の『スイッチつき木箱』を手に取り、掲げて見せた。

「それはなんですかな？　箱……ですか？」

目を細め、身を乗り出す裁判長。

「上面に回転スイッチがついた木製の箱です。このスイッチを回すことで周囲に特定の波長の魔力波が発信されます。――ちょっとやってみましょう」

そう言って木箱のスイッチを捻るグレアム兄。

――ィイイイィン
微かにあの音が耳に響き、ココとメルが入っている鞄が震える。

兄がスイッチを切った。

「さて。会場の皆さんに伺います。今『音』が聞こえた方は、手をあげてください」

私を含め、十名ほどが手を挙げる。

「ありがとうございます。――こちらの箱を携帯していた問題の兵士ですが、事情聴取の結果、事件の二日前に自宅から妻子が誘拐され脅迫されていたことが分かりました。脅迫状には、『妻子を返して欲しければ、謁見の日に王と第一王子が第二練兵場にそろったときにスイッチを入れろ』との指示が書かれ、傍らにこの魔導具が置かれていたそうです」

グレアム兄が、説明をしめくくる。

「――以上の証言と証拠から、検察側は今回の襲撃が『綿密な計画のもと王陛下と第一王子殿下を狙って実施されたものであり、犯人は謁見の日時と場所をかなり早い段階で知ることができる立場にあった』と考えます」

「「おお……！」」

どよめきが広がる。

そこで、ちょび髭を生やした被告人の弁護士がおもむろに手を挙げた。

「異議あり」

「静粛に。弁護人の発言を許可します」

裁判長の言葉に、弁護士は大げさに一礼する。

「今しがたの検察側の主張ですが、弁護側は到底受け入れることができませんな。証明があまりに杜撰すぎる。ちなみに先ほど『音が聞こえた』と手を挙げた方々に訊きたいのですが……本当に、はっきりと音が聞こえたのですかな？　私には何も聞こえなかったのですが」

そう言って会場を一瞥し、兄に見下したような視線を向ける。

「それに、検察側が主張する『魔力波』とやらの魔力も私は感じなかった。一応、私も魔法使いの端くれでね。ある程度の魔力が放出されれば分かるんですよ。この場にいる一部の方々も同じことを思われたはず。果たしてその箱に本当にそんな機能があるのか怪しいものです。大体――」

弁護人が皮肉げに笑う。

「検察側の話にあった『脅迫状』とやらは、一体どこにあるのですかな？」

「それは……『読み終わったら窓際に置いておけ』という指示が書かれていて、そのようにしたらいつの間にかなくなっていたそうだ」

苦しげに答えるグレアム兄さま。

「ほれ見たことか。ありもしない誘拐劇をでっちあげ、イカサマの証拠で議論を誘導する。そのような検察側の姿勢には、疑問を呈さざるを得ませんな！」

勝ち誇ったように叫ぶ弁護士。

拳を握り、相手を睨むグレアム兄さま。

――ここは、私がサポートに入った方が良いかもしれない。

私は立ち上がり、傍聴席の一番前に歩いて行った。

兄が私に気づく。

私は兄に頷いて見せた。

僅かな逡巡。

しばしあって、兄は裁判長を振り返った。

「裁判長。検察側は参考人として、魔導具師のレティシア・エインズワースの証言を求めます」

「検察側の参考人招致を認めます。参考人を入廷させなさい」

一礼したグレアム兄さまが私のところにやって来ると、仕切り柵のところに立っていた法廷係官が扉を開けた。

「頼むぞ、レティ」

「お任せください。お兄さま」

差し出された兄の手をとった私は、階段を降り――法廷に降り立った。

周囲から、色んな声が聞こえてくる。

(「あれが噂の『銀髪の天使』か」)

(「オウルアイズ伯が身内びいきなコメントを出していたが……なるほど。『智より湧き出る可憐さ』とはよく言ったものだな」)

ちょっと。本人に聞こえてますよ!?

私はあまりの恥ずかしさに、手で顔を覆った。

「レティっ」

背後からかけられた聞き覚えのある声に振り返ると、ヒューバート兄さまが手を振っていた。

隣のお父さまが叫ぶ。

「焦らなくていい。自分のペースでやりなさい」

その声に私は、自然と浮かんできた笑みとともに「はいっ」と頷いた。

グレアム兄さまと言葉を交わし、証言台に立つ。

裁判長が私に声をかけた。

「参考人、名前と職業をお願いします」

「オウルアイズ伯爵家長女、魔導具師のレティシア・エインズワースと申します」

私は微笑み、そしてカーテシーで挨拶をする。

心がけたのは、美しい所作と少しの愛嬌《あいきょう》。

会場のあちこちから、息を呑む音が聞こえた。

――ここからは私の時間だ。

グレアム兄が説明を始める。

「先ほど弁護人は、検察側が提出した証拠に疑義を唱えました。我々が『飛竜に合図を送った』とする箱型魔導具を『イカサマの証拠』と称したのです」

議場にピリッとした緊張が走る。

「そこで検察側は、この魔導具が我々の主張通り『魔力波を発するもの』であり『遠方に合図を送る能力がある』ことを証明したいと思います。――参考人、証言をお願いします」

兄から話を振られた私は、会釈して口を開いた。

「ひと月ほど前のことです。今回の事件に巻き込まれ療養していた私のところに、第二騎士団の方がお見えになり、ある相談を受けました」

そう言って私は、傍らの机の上に置かれた例の木箱を手で指し示した。

「それが、こちらの魔導具の機能を調べたい、という相談だったのです」

ちらりと弁護人を見ると、仏頂面でこちらを睨んでいる。

ちなみに背後のオズウェル公爵は相変わらずの置き物だ。

「相談を受けた私は、まずスイッチを入れてみることにしました。――ところが、何も起こりません。中を開けて確認したところ、魔石の魔力が切れていることが分かりました」

そう言うと、私は兄に目くばせした。

「――検察より補足いたします。実は捜査段階で我々が初めて箱のスイッチを入れた時点で、すでに魔力が切れておりました。使用されていた魔石は我が国の標準魔石と形状が異なる特殊なものでしたが、中型の標準魔石で代用ができたため以後の検証はそちらで行っております」

兄の説明に続き、私は再び口を開く。

「魔石を交換した私は再びスイッチを入れました。すると、先ほどの『音』と共に私がいつも一緒にいる二体のテディベアが震え始めたのです」

「てでぃべあ、ですか?」

首を傾げる裁判長に、私は鞄からココとメルを取り出した。

「はい。こちらになります」

「ああなるほど。クマさんのぬいぐるみですね。可愛らしいあなたによくお似合いです」

微笑ましそうに、うんうん、と頷く裁判長。

ん？

「え、ええと……このクマたちには自作の魔導器が入っておりまして、魔力を通すことで様々な動きができるんです」

私はココとメルに魔力を通して二人を空中に浮かせると、くるくるピコピコと二人を動かした。

「「おお……」」

議場にほんわかした空気が流れる。

「ここで、問題の『箱』のスイッチを入れるとどうなるか、見ていください。——お兄さま、お願いします」

「分かった」

頷いた兄さまが、『箱』を高く掲げ、スイッチを捻る。

——ビビッ、ビビビビッ
スイッチのオンオフを繰り返すたびに、空中で痙攣したように震えるココとメル。

「御覧のように、クマたちはスイッチのオン・オフに合わせて震えています。——お兄さま、ありがとうございます」

私はそう言って、ココとメルを手元に戻した。

「以上の実験から、こちらの『箱』のスイッチを入れると魔力が放射され、周辺の魔導具に影響を与えることがお分かりいただけたかと思います。適切な魔導具を製作すれば、遠方でその魔力を信号として感知することもできるでしょう」

私の言葉に、議場がざわついた。

理由は分かっている。

箱の魔力を、皆が感じられなかったのだ。

確かにクマたちは震えた。だけど、その原因となったはずの魔力が感じられない。

弁護士が言った通りこの場には魔法の素養を持つ人も多いから、皆そこに違和感を持っているのだろう。

案の定、敵が手を挙げた。

「異議あり。――お嬢さん、困りますねえ。嘘を吐いては……」

ニヤニヤ笑いながら私を見下す中年男。

「嘘とはどういうことでしょうか？」

「そのまま言葉の通りですよ。――先ほどの実験で、確かにぬいぐるみは震えていた。が、その箱からはまたしても魔力は感じられなかった。感じたのは、お嬢さんがそのクマを操る魔力だけ――つまりあの『震え』は、お嬢さんがスイッチのオン・オフに合わせてぬいぐるみを操っただけのインチキだった、ということですよ」

得意げに私を誹謗するちょび髭。

そんな弁護士に私は――――にっこりと笑ってみせた。

「まあ、普通はそう思われますよね」

「……は？」

むっとした顔をする中年男。

私は周囲を見回して、言った。

「ですが、もし魔力に『人間が知覚しにくい波長』があるとすればどうでしょうか?」

この国の魔法の常識を覆す発言に、とまどいの波が広がった。

5

『魔力の波長』

光や音など、自然界の多くのものがそうであるように、魔力もまた波の性質を持っている。

魔導錠の施錠と解錠、魔導金属線《ミストリール》の引き伸ばしや切断、溶着など。その性質を利用した仕組みや加工方法はよく知られていて、特に『放出魔力の出力と波長の調整』は魔導具師の基本技術ともされていた。

私も魔導具づくりを学び始めた頃は、魔導金属線《ミストリール》に魔導ごてを当て、出力と波長を変えながら思った形に線を成形する練習を繰り返したものだ。

さて、この魔力波長。魔法や魔導具を扱う者であれば誰もが知っているものだけど、実は学術的に研究されたことはほとんどない。

理由は簡単。

必要がなかったから。

魔導具づくりで使う波長の長短など知れているし、それを計量化するよりは、いかに微細にコントロールできるようになるかの方が、魔導具師としてはよほど重要だったからだ。


話を戻す。

私たちがこの箱を調べていて不思議に思ったのが、まさに先ほど弁護士が言った点だった。

この箱はスイッチを入れると相当な魔力を消費して周囲に魔力を放射しているはずなのに、魔力感知能力が高い私や兄、父までもが、その魔力に気づかなかった。

なぜ？　ということである。

その答えにヒントをくれたのが、王都工房の前工房長だった。

彼は言った。

――『部品に使われている魔物の毛が、魔力を人が感知しにくい性質に変えてるんじゃないか』と。

その後の調査の結果、おじいちゃんの推測が正しかったことが証明された。

どうやらその部品が魔力の波長……周波数を変えているらしいことが分かったのだ。

私は裁判長に向き直った。

「この箱を分解して調べたところ、二つの機構が見つかりました。一つは魔力を放出する機構。もう一つが魔力を特定の波長に変換する機構です。――係官の方、申し訳ありませんが、こちらの図を広げて持っていただいて構いませんか？」

私は証拠品として机に並べられているものの中から、一枚の図を指した。

係官たちがやってきて、図を掲げる。

同時に、同じ図が議員席、傍聴席でも掲げられた。

描かれているのは、問題の魔導具のアイソメトリック図。物体を斜めから描いた図だ。

魔導具に詳しくない人が見ても分かるように、一部透過して内部構造が見えるように描いてある。

私は伸縮式の指示棒を鞄から取り出し、説明を続けた。

「この箱の内部には、四つの部品が配置されています。スイッチ、魔石スロット、魔力放射板、そして魔石と放射板をつなぐこの毛の束が波長変換部です。この毛には魔物特有の魔力の残滓《ざんし》があり、恐らく『痺れコウモリ』のような魔物の器官を利用したものだと思われます」

私は議場を見回した。

皆、図に見入っている。なんとか話についてきてもらえてそうだ。

「よく知られているように『痺れコウモリ』は洞窟などの暗闇に生息し、人間や他の魔物が感知できない何かを使って獲物を探知し、パラライズの魔法で痺れさせて捕食する魔物です。私はこの『獲物を探知する方法』が、私たち人間には感知できない波長の魔力であり、問題の魔導具にその仕組みが転用されているのではないかと考えました」

コウモリが人には聴こえない周波数帯の音波……超音波を使って周囲を把握していることは、地球ではよく知られた事実だ。

今の説明はそこからの類推になる。だけど、きっと大きくは外れていないはず。

実際、工房で『痺れコウモリ』の魔力発生器官を利用して『箱』の複製にトライした私たちは、ほぼ同じものを作ることに成功した。

「試しに魔石と魔力放射板を直結したところ、私たちにも感じられる、相当な強度の魔力を放射しました。従ってこの毛の束が『魔力を人間に感じさせない波長に変換する部品』であることは、間違いないと思われます」

私が、そう解説したときだった。

「異議ありっ！」

弁護席から声が上がり、声の主が立ち上がった。

「まったく聞くに堪えませんな。検察が検察なら参考人も参考人だ。ここまで令嬢が口にした技術的見解はすべて仮説にすぎない。神聖なる法廷で妄想を語り聞く者を誑《たぶら》かそうとするなど、許すことのできない暴挙です！　裁判長。弁護側は参考人に、法廷侮辱罪の適用を――」

パンッ！

「っ!?」

議場に響き渡る破裂音。

ギョッとした顔で私を見る弁護士に、両手を打った私は、余裕の笑みで語りかけた。

「それではこの魔導具が発する『見えない魔力』を、みんなで『音』として聴いてみましょう」

私の言葉に、議場がざわついた。

カン、カン、カン、カン！

裁判長が木槌を叩く。

「静粛に。静粛に！　――弁護人。参考人に対する言葉が過ぎますぞ。相手方を侮辱するような物言いは控えなさい。度が過ぎるようなら、本法廷は貴君に法廷侮辱罪を適用することになりますぞ」

どっ、と笑いが起きる。

「ぐっ……！」

歯ぎしりし、こちらを睨む弁護士。

私は微笑し、彼に小さく会釈をしてみせた。

裁判長が、カン、カン、と木槌を叩く。

「審議を続けます。――参考人、先ほどあなたから『見えない魔力を音として聴く』という提案がありました。その準備をしていただいてもよろしいですかな？」

「承知いたしました」

一礼して証言台を降りた私は、証拠品が並んだ台のところに歩いて行った。

傍らに立つ兄と目が合い、頷いてみせる。

兄が裁判長に向かい挙手して言った。

「裁判長。五番の証拠品は、参考人が本件の捜査のために開発した魔導具です。参考人自身の手で操作してもらおうと思いますが、構いませんでしょうか？」

「もちろん許可します」

頷く裁判長に会釈をすると、私はその機械――『魔力探知機』を手に取った。

6

私と工房のみんなが苦労して作ったこの探知機は、二つのユニットから構成される。

一つは、肩掛けの鞄に収納された本体。

もう一つは、本体とケーブルで繋がるハンドプローブだ。

本体には二つのダイヤルがついていて、プローブの見た目はハンドマイクのようにしてある。

昔の怪獣映画を見たことがある人なら『ガイガーカウンター』を思い浮かべる人もいるかもしれない。

本体の鞄を肩からかけ、プローブを手に取る。

私は感度ダイヤルをしぼり、波長検出ダイヤルを『中周波』に合わせると、裁判長の方に向き直った。

「それではまず、こちらの魔力探知機を使って通常の魔力を検知するところをご覧いただきたいと思います。——お兄さま。何か魔法を使っていただけますか？」

グレアム兄さまは私の言葉に頷くと、早速魔法の詠唱を始める。

そして、

「『灯火《トーチ》』！」

発動句とともに、兄の指先に光が宿った。

私はプローブを兄の方に向け、少しずつ感度ダイヤルを回してゆく。

やがて――

《ビーーー》

探知機本体側面のスピーカー部から、ビープ音が鳴った。

「おお、音が鳴りましたね」

裁判長が目を丸くする。

私がプローブを向ける方向を変えるとビープ音は遠ざかり、魔法に向けると再び大きくなる。

「このように、こちらの探知機では、魔力を『音』として聴くことができます。――お兄さま、ありがとうございます」

兄が『灯火《トーチ》』の魔法を解除すると、《プツッ》という音を立てて探知機のビープ音も止まった。

私は再び感度ダイヤルをしぼると、議場を見回した。

「さて。それでは早速、問題の『箱の音』を聴いてみましょう。お兄さま、よろしいですか？」

「いつでも大丈夫だ」

グレアム兄が『箱』を胸のあたりに掲げて見せる。

私は波長検出ダイヤルを、今度は『高周波』に合わせ、プローブを箱に向けた。

「それでは、お願いします」

頷いた兄が、箱のスイッチを捻る。

分かりやすくするため、オン・オフを繰り返してもらう。

議場の誰もが見守る中、私はゆっくりダイヤルをまわし少しずつ感度を上げてゆく。

やがて――

《ビーーッ、ビーーッ、ビーーッ》

魔力探知機が、人に感知できない魔力を捉える。

(「「おおっ！」」)

議場に多くの感嘆の声が響いた。

先ほどと同じようにプローブを向ける方向を変え、音の鳴り方を変化させてみせる。

「ほう、面白いものだな」

裁判長の隣に座る陛下が、興味津々といった様子で探知機に見入る。

「左様《さよう》。私もこういった魔導具は初めて見ますなあ」

隣の裁判長が、うん、うん、と頷いた。

ひと通りプローブを動かして実演を終了すると、私は裁判長に向き直り一礼した。

「以上でございます」

議場のあちこちから拍手が起こる。

そして、

「い、異議ありぃっ!!」

横から金切り声が飛んできた。

弁護士は目元をぴくぴくと引き攣らせ、険しい顔でこちらを睨んでいる。

「いっ、今のデモンストレーションはイカサマだ！　検察と参考人が共謀して、タイミングを合わせて音を鳴らしたに違いないっ！」

その言葉に、ざわつく会場。

（「まあ、あの検事と参考人は兄妹ですからな」）

（たしかに）

苦しまぎれの異議が、議場に疑念を広げてゆく。

私は、すっ、と手を挙げた。

カンカンカンッ、と裁判長が木槌を叩く。

「静粛に。参考人の発言を認めます」

私は一礼して、正面に座る陛下と裁判長に語りかけた。

「こちらの探知機ですが、ダイヤルを合わせましたので、どなたに持っていただいても大丈夫です。よろしければ、どなたかお使いになってみませんか？」

「「…………」」

顔を見合わせる、陛下と裁判長。

次の瞬間、
ガタ、ガタッ！

二人はすごい勢いで立ち上がった。

「「ん？」」

立ち上がった状態で、再び互いを見る陛下と裁判長。

先に口火を切ったのは裁判長だった。

「まさか、陛下御自ら検証されようなどとは仰いませんな？」

釘をさす裁判長。が、陛下も負けてはいない。

「本件は国を揺るがす一大事。儂自らが検証することで、その魔導具への疑義はすっきりと晴れるだろう。むしろ裁判長、公平であるべき貴君が立証に参加する方が問題ではないかな？」

うっ、と言葉に詰まる裁判長。だが、すぐに気を取り直して反撃する。

「いやいや、陛下。何を仰いますか。この法廷で誰より公平である私が検証に参加してこそ、疑義が明らかになるというもの。本件の『被害者』である陛下よりは、私の方が検証者として適切なのではありませんかな？」

ぐぅっ、と唸る陛下。

その後も、あーだこーだと駆け引きが続く。

あまりにどうでもいいやりとりが続いたため、仕方なく私が途中で間に入った。

「あの、それでは、どちらかお一人が『箱』のスイッチを入れ、残るお一人がこちらの探知機を持たれてはいかがでしょうか？」

私の言葉に、お二人が同時にこちらを振り返り、

「「それだ（じゃ）!!」」

私を指差した。

（最初からこうすればよかったのに……）

きっと議場のほとんどの人と同じことを思いながら、証拠品陳列台の前にやって来る陛下と裁判長を見守る私。

が、二人の勝負はまだ終わってはいなかった。

「「むっ⁉」」

証拠品に手を伸ばした二人が固まる。

「のう裁判長。きっとスイッチを回す方がたのし――より検証に役立つと思うぞ？」

「いやいや。やはりここは、陛下にスイッチを入れていただき、私は探知機の性能を確かめる方が……」

「いやいや――」

「いやいやいやいやいや――――」

予想通りの展開。時間のムダなので、今度は早めに助け舟を出す。

「あの、交代で使ってみられてはいかがでしょう？」

「「おお、それだ（じゃ）！」」

この後、陛下と裁判長は、たのしそ……熱心に『箱』と魔力探知機の検証をされたのだった。

「――という訳で、弁護人の主張を却下します。検察側の証拠品に一切不正はありませんでした」

裁判長の言葉に、公爵側弁護士は疲れた顔で、

「あ、はい」

とだけ答える。

いいえ、疲れたのは私たちも一緒ですけどね。

そんな弁護側に、片手に書類を抱えた兄が、追い打ちをかけてゆく。

「尚、こちらの二つの証拠品につきましては、工立魔導工廠よりその動作・機能につき『確認済み』との証書をいただき、特に魔力探知機については『我が国の魔導技術を飛躍させる画期的な発明である』とのコメントをいただいております」

「また、司法省の立会いのもとで行った動作試験では、件《くだん》の『箱』から放射される魔力は、遮るものがない場合、最大で一〇kmほど飛ぶことが分かりました」

「これは補足事項となりますが、現場で箱のスイッチを入れた兵士の家族は、すでに第二騎士団により無事救出、保護しましたことを報告させていただきます」

立て続けの証拠提示に、周囲がどよめく。

「これらの証拠、証言により、検察側は『飛竜襲撃は事前から準備されたものであり、特に陛下と第一王子殿下を狙ったものである』とあらためて主張いたします」

兄がそう締めくくると、議場には歓声が響き渡った。

カン、カン、カン！

裁判長が木槌を叩く。

「静粛に！　静粛に!!　――弁護人、異議はありますか？」

「くっ……！　異議は……異議は…………っ！」

顔を真っ赤にして、プルプル震える弁護士。

と、背後の公爵が彼に何事か耳打ちした。

コク、コクと頷く弁護士。

やがて前を向いた彼は——

「……異議は、ありません」

その瞬間、検察側の主張が確定した。


裁判の一つ目の山場を乗り越えた私たち。

とはいえ、検察側が立証したのは『今回の襲撃が王と第一王子を狙ったものである』こと。そして『何者かによって事前に計画されたものである』というところまでだ。

あの飛竜がどこの勢力のもので、誰が襲撃を計画したのかを明らかにしなければ、この裁判は負けとなる。

立証しなければならないことは、いまだ山積みだった。

7

ひとまず私の出番は終わった。

私が傍聴席に戻って見守る中、法廷ではグレアム兄さまが次々と証拠と証言を提出していった。

「撃墜した飛竜は四騎。その死体の検分結果を証拠として提出します」

「飛竜については、我が国北方に生息する野生のものに比べ幾分か小型であることが分かりました。特筆すべきことは、この四体の大きさに個体差がほとんどなく、恐らく人の手によって飼育されたものである、ということです」

「騎乗者については、遺体の損傷が激しく身元を特定することはできませんでした。ただし、身につけていた装備類は意匠こそないもののデザインが統一されており、騎乗用に専用設計された形跡がありました。なかでも魔導防具の性能は周辺国で一般的に流通しているものを上回り、王立魔導工廠の分析では『対魔法戦に特化した仕様である』とのことでした」

「飛竜の飛行ルートに関する情報は多くはありません。数少ない目撃情報は、襲来直前のものと、取り逃がした一騎の逃走時のものに集中しておりました」

「襲来当日の情報としては、北東部の山中で複数の目撃情報がありました。尚、この二日前の払暁《ふつぎょう》、北部山脈で複数の飛行生物が東に向け編隊飛行する姿を見かけた、という情報があります」

「逃走した一騎については、一路西へ。ブランディシュカ公国方面に飛び去るところを西部地域の多数の住人が目撃しています」

この間、被告側からの反論はなく、証拠の提示はスムーズに進んだ。

最後にグレアム兄さまは、検察側の主張をこのようにまとめた。

「以上の情報から検察側は、本襲撃を実行した飛竜は公国より飛来し、北部山脈を経由して北東部の山中に潜伏。襲撃後は単騎で『母国』に帰還したものと推測いたします」

これは明らかに爆弾だった。

もちろん兄はそのあたりも計算の上で発言したのだけど、周囲の反応は劇的だった。

兄が『ブランディシュカ公国』の名前を出した瞬間、議場の空気が一変したのだ。

「これは公国による我が国中枢に対する奇襲攻撃ではないか！」

誰かの叫び声をきっかけに、その空気は議場を揺らす怒号に変わった。

「直ちに反撃すべきだ」

「我が国を侮る卑怯者に、正義の鉄槌を！」

「全軍をもって敵首都に進撃し、愚か者どもに対価を払わせろ!!」

　カンカンカンカン!!

「静粛に！　静粛に!!」

裁判長が木槌を打ち鳴らし、議場の鎮静を試みる。

だが、一度着いた火は収まらない。

兄たちも、法廷の係官も、皆を落ち着かせようと必死に呼びかけるが、功を奏さず。

「敵を引き入れた逆賊を赦すな！」

「王党派を処刑しろ!!」

「言いがかりだ！」

「これは元老院派が仕組んだ罠だろうが!!」

罵り合いはエスカレート。

すわ乱闘騒ぎかと思われたそのとき、壇上の陛下が立ち上がった。

「静まれいっっ!!」

議場に響く一喝。

その瞬間、騒乱がぴたりと止まった。

陛下は議場を見まわし、問いかけた。

「名誉ある家門の者どもが、何を浮き足立っておるのか。今回の事件が他国の仕業であることは、元より明らかのはず。今さら騒ぐことではない。もちろん我が国に仇為《あだな》す者には、然《しか》るべき制裁を加える。だが今この場は、真実を明らかにし裁くべき者を裁く場であろう。諸君の冷静なる判断を、重ねて期待する」

長い演説ではない。

だが、王が王たるを示し、私たちは皆その場で首《こうべ》を垂れたのだった。

裁判長が木槌を叩いた。

「全員着席を。法と公正のもと、審議を続けます」

8

審議が再開される。

台の上に置かれた検察側の証拠品も、残すところついに一つ。

『それ』は審議中の秘密保持のため、白い布を被せられていた。

これで公爵と飛竜襲撃の繋がりを示せなければ、私たちの今までの努力はすべて無駄になる。

検察側が、いや、『私たちが』提示する決定的な証拠品。

――そう。あの壊れた魔導通信機だ。

グレアム兄さまが議場を見まわした。

「検察側は、被告が他国と繋がっていた決定的な証拠品として、こちらを提出いたします」

兄が机の上に置かれたそれを覆う布をとる。

露わになる魔導通信機――本体、電鍵、スピーカー、そして木組に巻きつけられた魔導金属線《ミストリール》。

さらにその横には、一冊の手帳と、いくつかの紙の束がある。

裁判長をはじめ議場のほとんどの者が首を傾げた。

公爵の表情も、相変わらずだ。

ただ一度、少しだけ大きく息を吸ったように見えた。

「それはなんですかな？」

裁判長の問いかけに、兄が答える。

「こちらは、事件の翌日にオズウェル公爵邸で押収された何かしらの魔導具です。発見した時点で内部の魔導基板が損傷しており、使用できない状態にありました」

「ふむ。『謎の魔導具』ですか。しかし何か分からない壊れたものが、なんの証拠になるのですかな？」

「こちらの魔導具のポイントは二つ。――一つ目のポイントは、使用している魔石が例の飛竜に合図を送った『箱』に使われていたものと同一の特殊形状の魔石であるということ。二つ目はその機能についてです。――検察側は、今この場でこの魔導具が一体何であるのかを実験にて明らかにし、その結果をもって被告の罪を証明したいと思います」

「異議あり！」

兄の提案に、即座に弁護人が異議を唱えた。

「魔石の形状が同じだったのは、たまたま同じ国か地域で作られたからだろう。それ自体はただの偶然にすぎん！」

「なるほど。確かにたまたま同じ地域で作られただけかもしれません。ですが、そうではないかもしれない。王立魔導工廠ですらその出元を特定できなかった魔石です。『怪しい』のは確かでしょう」

「くっ……」

たじろぐ弁護士。

だが彼は、すぐに口を開いた。

「じゃあ、二点目についてだ。なぜ『実験』などとまどろっこしいことをするのか。本当に『決定的な証拠品』であれば、ひと目見て誰の目にも明らかなはず。それをわざわざ話をややこしくするとは、この場を煙《けむ》に巻こうという意図を勘ぐってしまいますな！」

口調こそ激しいものの、大したことは言っていない。

グレアム兄さまは涼しい顔で言い返した。

「こちらの魔導具はすでに修理・修復され、動作可能な状態にあります。ただし、その機能は口で説明しても分かりづらい。――皆さまに直感的に理解していただくためには、実際に使用してお見せする方が早いと、検察側は判断いたします」

そう言って首をめぐらせ、こちらを見るお兄さま。

頷く私。

兄は裁判長を振り返った。

「検察側は、本証拠品による実証実験の実施とその解説のため、修復を担当したレティシア・エインズワースを参考人として再召喚することを求めます」

9

私が法廷に降りると、議場のあちこちから色んな声が聞こえてきた。

(「あの証拠品の修理も彼女がやったのか?」)

(「まさに天才だな」)

(「いや。もうただの天才では片づけられんだろ。――『可憐なる魔導の女神、法廷に降臨す』。よし。明日の見出しはこれで行こう!」)

「えっ⁉」

ぎょっとして傍聴席を振り返る。

今何か、とんでもない言葉が聞こえた気が……。

「レティ？」

私を先導するグレアム兄さまが振り返った。

「ああ、いえ、なんでもありません」

そんな私に、兄がふっと笑った。

「俺も明日の新聞は何部か買って、切り抜いて額に入れとこうかな」

「ちょっと、聞こえてるんじゃないですか、お兄さまっ」

「ははっ。――さあ、やるぞレティ。最後の戦いだ」

「はいっ！」

こうして私たちは、決戦の舞台へと上がったのだった。


係官たちが『実験』の準備をしている間、私は証拠品の説明を始めていた。

「先ほどの検事さまの説明にもありましたが、私がこちらの魔導具を最初に見たとき、すでに内部の魔導回路が焼き切れておりました。ですがこの損傷は、経年劣化などで自然に起こったものではありません。本体背面にある『自壊スイッチ』により人為的に引き起こされたものです」

私の説明に、議場の多くの人が息を呑む。

「つまり、何者かが故意に壊したということですかな？」

「はい。背面の自壊スイッチの存在と機能を知る者が、証拠を隠滅する目的でスイッチを入れ、魔導具を破壊した可能性があります」

私が裁判長の質問に答えると、早速、弁護士が声をあげた。

「意義あり！　掃除中のメイドが誤ってスイッチを押した可能性もある。それにその背面のスイッチが『自壊スイッチ』だというのは、参考人の私見にすぎない。適当なことを言うのはやめてもらおうか！」

苦しい言いがかりをつけてくる弁護人に、人々の怪訝な視線が集中する。

兄が反論する。

「今、話に出た自壊スイッチですが、王立魔導工廠の見解でも『魔導基板を破壊するためのスイッチと推定される』となっています。こちらが見解書です」

「……なるほど。確かにそう書いておりますな」

裁判長の言葉に「くっ」と歯ぎしりする弁護人。

だけど、まだ終わりじゃない。

私は弁護人をちら、と見て、次にグレアム兄に問いかけた。

「そもそも、設計段階で自壊スイッチがつけられているような機密性の高い魔導具が、メイドが掃除するような場所に無造作に置いてあったのでしょうか？」

「いいえ。当該の魔導具が置かれていたのは、公爵家の宝物庫がある地下区画の一部屋です。その部屋の鍵を持っているのは、公爵と執事のみ。これは公爵自身の証言によるものです」

議場の視線が、被告席のオズウェル公爵に集中する。

公爵は表情を変えることもなく、ただ置き物のように座っていた。

兄が斬りこむ。

「こちらの魔導具がなんであるか、ぜひ被告自身の口でご説明いただきたいものですね」

そのひと言が、引き金となった。

「ふざけるな！　貴様ら下賤《げせん》な輩《やから》が公爵邸に押し入り、勝手に押収して行ったんじゃないか!!　なぜ公爵様が――」

激昂する弁護士の肩を、後ろにいた公爵が掴んだ。

そして、ひと言、ふた言。

「しっ、しかし……」

食い下がる弁護士に、さらに公爵が何かを告げる。

「かっ、かしこまりました……」

青い顔をして後ろに下がる弁護人。

公爵がこちらを一瞥し、裁判長の方を向く。

彼は言った。

「ここからは、私自身が自らの弁護を行う」

――私たちは、ついに黒幕を引きずり出した。

公爵の突然の宣言に、議場がざわついた。

カンカン、と裁判長が木槌を鳴らす。

「ええと、今一度確認しますぞ。被告は弁護人に代わり、ご自身で自らの弁護をされる、ということでよろしいですかな？」

「そうだ」

短く返す公爵。その表情や口調に乱れはない。

一拍置き、公爵は再び口を開いた。

「先ほどの弁護人の発言は不適切だった。代理に立てた者として彼の発言を取り消すとともに、お詫び申し上げる」

公爵は陛下に向かって立礼する。

——ああ、なるほど。つまり公爵は、先ほどの弁護人の第二騎士団への侮辱発言を『自らの使用者責任として』、『陛下に謝罪するために』このような形をとった、と暗に言っているのだ。

だけど、それだけじゃないかもしれない。

魔導通信機に関する検察側の追及に対して『弁護士の手に負えない』と判断した可能性もある。

私がそんなことを考えていると、公爵は今度は裁判長の方を向き、口を開いた。

「先ほど検察側から要請があったその魔導具の説明についてだが——当家が所有する商会の営業機密に関わることなので、黙秘させていただく」

公爵の発言に、皆が息を呑む。

「一つだけ言うとするならば『今回の事件には、私同様、無関係だ』ということだ」

公爵は一方的にそう言うと、もはや話すことはないとばかりに着席した。

（営業機密、ね）

私が眉を顰《ひそ》めると、傍らに立つグレアム兄さまが呟いた。

「うまいこと言い逃れたな。普通『黙秘する』と言えば『やった』と同義なんだが……『商売上損害が出る』ならば十分黙秘する理由になる」

私は少しだけ考えて、兄に言った。

「どちらにせよ、私たちがやることは変わりませんよね」

「そうだな」

そう言って、笑いあう。

そのとき法廷係官がやって来て、魔導具の準備が整ったことを告げた。

10

兄が裁判長に向かって手を挙げる。

「準備が整ったようです。早速、証拠品の実証試験をしたいと思いますがよろしいでしょうか？」

「許可します」

頷く裁判長。

「それでは参考人、説明をお願いします」

兄の呼びかけに、私は頷いた。

「それでは僭越《せんえつ》ながら、私が本魔導具の説明と動作テストを実施させていただきます」

私は証言台を降り、通信機が置かれた裁判官席と検察席の間の大窓のところまで歩いて行った。

今その窓は大きく開かれ、魔導金属線《ミストリール》を巻き付けた木組が外に向かって顔を出している。

「まず最初に申し上げたいのは、こちらの魔導具は先の審議の証拠品である『箱』と基本構造が同じである、ということです」

私の言葉に裁判長が首を傾げる。

「それにしては、例の『箱』より随分と大掛かりに見えますな」

「あの『箱』は短時間で大量に魔力を消費して、全方位に魔力を放出するものでした。ですがこちらは、より実用的に作られています」

「実用的、と言いますと？」

「わずかな魔力消費量でより遠くに魔力波を飛ばすことができるように作られています。――実はもう一つあるのですが、それはテストの後にご説明いたしますね」

私はそう言うと、魔導通信機の前に置かれた椅子に座った。

目の前には電鍵。いよいよ実演のときだ。

私はグレアム兄に頷いた。

兄が、今回準備したことについて説明を始める。

「実は今回の実証試験のために、こちらの魔導具と同様のものを用意して、この窓から見えます東の尖塔に設置いたしました。これからこの魔導具で向こうに魔力波を送り、それを合図として同様の魔力波を向こうからこちらに送り返してもらいます。――レティ、準備はいいかい？」

「はい、お兄さま」

兄の言葉に頷くと、私は「いきますっ」と宣言して電鍵に指を置いた。

そして、

《トト・ツー・トト……………トト・ツー・トト》

二度、同じ符号を送り、電鍵から手を離す。

静寂に包まれる議場。

一秒、二秒、三秒…………

握った手が汗ばみ始めたとき、その音が議場に響いた。

《トト・ツー・トト…………トト・ツー・トト》

周囲から歓声が上がり、私は大きく息を吐いた。

無事、通信実験を終えた私たち。

グレアム兄さまが、この魔導具についての主張をまとめる。

「ご覧いただきましたように、こちらからの発信に対し東の尖塔より僅かな時間で返信が届きました。先ほど参考人の話にありました『もう一つの実用的な点』というのがまさにこの機能です。発信だけでなく、受信ができる。つまりこの魔導具は、魔力波を利用した遠距離通信装置なのです」

兄の説明に、議場がどよめく。

(「そんなものがあれば、伝令を走らせる必要がなくなるじゃないか」)

(「軍の指揮命令系が劇的に変わるな」)

（「離れた街の相場情報なんかも短時間でやりとりできるようになるぞ」）

この魔導具の価値について、皆が気づき始める。

そして兄は、この事件の核心に迫る言葉を言い放った。

「検察側は『オズウェル公爵がこの魔導通信機を使用し、ブランディシュカ公国に対し事件当日の予定を漏洩《ろうえい》していた』と考えます！」

その瞬間、議場に怒号が飛び交った。

カンカンカンカン!!

「静粛に！　静粛に!!」

裁判長の木槌の音が響く。

議場は興奮状態にあったが、それでも先ほどの陛下のお言葉のためか、まもなく静かになった。

裁判長の声が響く。

「被告人、今しがたの検察側の主張に対し、異議はありますかな？」

すっ、と立ち上がる公爵。

彼は特に力む様子もなく、無感情にこう言った。

「異議あり」

公爵は一歩前に出ると言葉を続けた。

「先ほどの実験だが、なにがしかの結論に至るには、些《いささ》か不備が多い実験だったと言わざるを得ない」

「――と、申しますと？」

裁判長が目をぱちくりさせる。

「まず第一に、その魔導具は押収時にはすでに壊れており、後日そこの娘が『復元』したものだということだ。先ほど検察側は『自壊装置により魔導基板が破壊されていた』と主張していた。仮にも自壊装置により破壊されたのであれば、損傷した部分がどのような回路であったかは不明のはず。ではその娘は、一体何を頼りに『復元』したのか。――まさか、自らが考えた魔導回路を新たに箱の中に設置して『修理した』とのたまっているのではあるまいな？」

公爵がじろりと私を見た。

今の彼の反論に、議場がざわめく。

（「確かに、いくら『修理する』と言っても、ぐちゃぐちゃになってたら直せないよな」）

（「え？　じゃあ、あの子が勝手に魔導具の中身を作り直したってことか？」）

疑惑の視線が、私に集中する。

公爵は続けた。

「二つ目は、東の尖塔に設置された魔導具についてだ。その魔導具も参考人が作ったものなのだろう？　――であれば、参考人は自らの主張のため、どうとでも細工する余地があったわけだ」

再び議場がざわめく。

「…………」

ひどい言われようだ。

あまりの言われように気の毒に思ったのか、裁判長が私に問いかけた。

「――と、被告人はこう仰っている訳ですが、参考人に異議は……ええと、何か言い返したいことはありますかな？」

相手が成人前の女の子ということで、裁判長が言葉を選んでいるらしい。

気遣ってくれて嬉しいけれど、なんか可笑《おか》しい。

「ふふ」

思わず笑ってしまう。

公爵が不審げな目で私を見る。

私はこほん、と咳ばらいすると、はっきりとその言葉を口にした。

「異議あり、です」

私は続けた。

「今しがた公爵が提示した疑念に対し、簡潔にその疑念を晴らすことができる証拠品があります」

「ほう、証拠品ですか」

またもや裁判長が目をぱちくりさせる。

「はい。間もなくこちらに到着すると思うのですが……一〇分もあれば間違いないでしょう。よろしければ一時休廷にされませんか？　休廷明けには証拠品が届いていると思いますので」

私がそう言ってグレアム兄さまの方を見ると、兄さまは頷いて手を挙げた。

「裁判長。検察側は一〇分間の休廷を要請いたします」

その言葉に、裁判長も頷く。

「よろしいでしょう。それではこれより一〇分間、休廷といたします」

11

一〇分後。

証拠品の台の上には、布を被せられた新たな証拠品が置かれていた。

「それでは審議を再開します。どうやら参考人が仰った通り証拠品が届いたようですな」

「はい。ばっちりです」

証言台で微笑む私。

「ほうほう、それはよかったです。それでは早速ご説明いただけますかな？」

「承知いたしました。それではご説明いたします。新たに届きました証拠品は、つい先ほどまで『東の尖塔』にあったものです。第二騎士団の方にお願いして、こちらに持ってきていただきました」

「東の尖塔というと、ひょっとして……」

「はい。先ほどの実験で通信しました『相手方』の魔導具です。それではご覧ください」

私の声と同時に、被せてあった布をとるグレアム兄さま。

（「おお……」）

議場がどよめく。

そこに置かれていたのは、隣に置かれた魔導通信機と寸分違わぬ、もう一台の魔導通信機。

グレアム兄さまの声が響く。

「こちらの魔導通信機は、王都サナキアの西一五〇km、パドマの街の公爵家所有の商会から押収したものです。破損もなく、先ほどの実験の通り、使用可能な状態で押収することができました」

公爵が大きく目を見開き、息を吸った。

どよめく議場。

裁判長が木槌を叩く。

「静粛に！　まだ検察側の論証の途中ですぞ」

間もなく議場は静かになる。——異様な熱気とともに。

「本品に手が加えられていないことは、押収に立ち会った司法省の係官と、検査を行った王立魔導工廠の担当者が保証しており、両組織から証明書もいただいております」

そう言って、グレアム兄は二枚の書類を法廷係官に渡す。

係官から書類を受け取った裁判長は素早く目を通し「間違いありませんな」と頷いた。

兄は公爵を真っ直ぐに見据えた。

「被告にあらためて伺います。あなたはこれらの魔導通信機を使い、事件当日のスケジュールを公国に漏洩しましたね？」

「…………」

腕を組み、目を瞑り、沈黙するオズウェル公爵。

まるで『お前如《ごと》きの質問には答えない』と言わんばかりの不遜な態度。

「………………」

ぴりぴりと張り詰めた空気が議場を支配する。

やがて、業を煮やした裁判長が公爵に呼びかけた。

「被告はいかがですかな？」

その問いに、やっと反応を示す公爵。

彼は目を開き、ひと言だけ発言した。

「答える必要があるとは思えないが？」

「え？？？」

面食らったような顔をする裁判長。

「ここまでの論証で、検察側は『私が情報漏洩した』証拠を一切提示していない。根拠のない言いがかりに私が弁解する必要があるのかね」

小馬鹿にしたようにそう発言する公爵。

「むぅ……確かに言われてみればその通りですな」

考え込む裁判長。

だが公爵はここで、驚くべきことを口にした。

「検察側の主張は根拠のないでっち上げだが……一つだけ、偶然当たっている部分もある」

「そ、それはなんですか？」

「その魔導具が、我が家門の商会がとあるルートで入手した『魔導通信機』だということだ」

落ち着き払い、なんでもないことのように答えるオズウェル公爵。

「すると被告は、そちらの魔導具が通信機であることを認めるのですな？」

裁判長の問いに「認める」と即答する公爵。

「先ほど『営業機密により黙秘する』と言った通りだ。その通信機は、距離が離れた二点間での交互通信を可能にする。それが商会にどれだけの商機をもたらすかは、言うまでもないだろう。――検察側の杜撰な立証のために、その商機も失ってしまったがね」

公爵はそう言って私と兄を睨んだ。

「なるほど。つまり被告は『この通信機は商会の業務に使うものであって、事件には関係ない』と。

こう仰っている訳ですな」

分かりやすくまとめてくれた裁判長に、頷く公爵。

「その通りだ」

議場には、戸惑う空気が漂っていた。

――公爵は怪しい。

公爵は、事件当日のスケジュールを知っていた。

公爵は、会場が第二練兵場であることを知っていた。

公爵は、遠距離通信が可能な魔導具を持っていた。

その二台の魔導具のうち、公爵邸にあった一台は自壊装置により破壊されていた。

事件の際、公国の所属と思われる飛竜に合図を送るよう、前もって仕組んだ者がいる。

だが、『公爵が公国から飛竜を呼び寄せた証拠』はない。

そういう状況で、誰もが有罪無罪の判断をできずにいるのだ。

このまま決定的な証拠を提示できなければ、検察側《わたしたち》の負け。

議場の喧騒の中、公爵が私たちを見下したように鼻で笑う。

そんな宿敵に、私は――

「異議あり」

静かに指を突きつけた。

議場の全ての視線が、私に集中する。

私は公爵に問うた。

「オズウェル公爵閣下にお伺いしたいのですが……閣下は、私たちがどのようにして二台目の通信機を探し当てたとお考えですか？」

「…………」

沈黙する公爵。

しばし考えたあと、彼は口を開いた。

「当家の商会の建物を、家探《やさが》ししたのだろう？」

小馬鹿にしたような目でこちらを見る公爵。

私は微笑とともに首を横に振った。

「その解答では三〇点ですね。結果として閣下の家門の商会に踏み込むことになりましたが、それはあくまで結果に過ぎません」

私の言葉に、ぴくりと不快そうに片眉を上げる公爵。

「では、その『アンテナ』が設置してある建物を探したのだろう」

そう言って公爵は、魔導金属線《ミストリール》を巻きつけた木製の骨組みを指差す。

私は頷いた。

「それで六〇点です。確かに私たちは、パドマの街でこちらの『アンテナ』を屋根の上に設置した建物を探しました。ですがそれは候補地を絞ったあとの話です。――それでは皆さまに、私たちが二台目の魔導通信機を見つけた方法を、お見せしましょう」

私はそう言うと、証拠品が並べられた台のところに歩いて行った。

12

目の前に並んだ証拠品たち。

私が手にとったのは……もちろん、私たちが作った魔力探知機だ。

本体の鞄を肩から掛け、プローブを右手に持つ。

「お兄さま、準備をお願いします」

私の言葉に頷くグレアム兄さま。

「君たち、ちょっと手を貸してくれ」

傍らに立つ司法省の検事と係官に声をかけた兄は、二人を連れて窓際のところに歩いて行った。

そこにあるのは、魔導金属線《ミストリール》が巻きつけられた木組……魔導通信機のアンテナ。

「よっ、と」

アンテナを抱え、議場の中央に運んでくる兄たち。

その間に私は、事前に調べてある波長に、探知機のダイヤルを合わせる。

「さて。準備が整いました」

私の言葉に、議場がざわめく。

裁判長が目をぱちくりさせて私に尋ねた。

「一体、何が始まるのですかな？」

「これから皆さんに、私たちが『二台目の通信機』を発見した方法をご説明いたします。――お兄さま、電鍵を打っていただけますか？」

「了解した」

兄はそう言うと、通信機本体の前の椅子に座り、電鍵を叩き始める。

（トト・ツー・トト……トト・ツー・トト……）

通信機本体の内蔵スピーカーから聞こえる、微かな信号音。

私はアンテナの正面に立ち、魔力探知機のプローブを向け、少しずつ感度ダイヤルをまわしていった。

《………ビビ・ビー・ビビ………》

探知機が、通信機が発する魔力をキャッチする。

私は音に負けじと大きめの声で説明を始める。

「皆さまお分かりのように、この位置では、探知機ははっきりと通信機が発する魔力を捉えております。――さて。では場所を変えてゆくとどうなるでしょうか？」

私はプローブをアンテナに向けたまま、反時計周りにゆっくりとアンテナの周りを歩き始める。

《ビビ・ビー・ビビ………ビビ・ビー・ビッ………ビッ・ィー・ッッ…………ビッ…》

しだいに小さくなる探知音。

やがて正反対の位置までできたところで、探知音はほとんど聞こえなくなった。

「「………」」

議場に漂う異様な静けさ。

きっと『これ』の意味に気づいている人は、ほとんどいないだろう。

私はそのままもう半周し、アンテナ正面に戻る。

《………ビッ………ビッ・ィー・ッッ………ビビ・ビー・ビビ………》

探知音が、再びはっきりと聞こえ始める。

私は感度ダイヤルをゼロに戻した。

「お分かりでしょうか？　アンテナ正面でははっきりと捉えることができる魔力が、アンテナの反対側ではほとんど探知できなくなりました。――さて。ではこれが何を意味するのか」

私は議場を見回した。

「この通信機の送信アンテナは、送信する魔力について極めて高い指向性を持っている。つまり『特定の方向にのみ魔力を飛ばしている』ということです。——お兄さま、地図を」

私が呼びかけると、グレアム兄は頷き「係官、一枚目の地図を広げてくれ」と指示を出した。

すでに準備していた係官たちが、判事席、議員席、傍聴席、そして被告人席に向け、図を広げる。

周囲で「おお……」というどよめきが起こった。

そこに描かれているのは、ハイエルランド王国西部の地図。

今、地図右側の王都には赤い点が記され、そこから左方向……西に向けて、細い帯が描かれていた。

「この地図には、王都の公爵邸に設置されたアンテナが向いていた方向と、後の検証で明らかになった、魔力波の到達範囲を示しています」

私はポケットから指示棒を取り出した。

「ご覧の通り、王都の公爵邸に設置されたアンテナからは西方向に魔力が飛び、その最大到達距離は一七〇㎞程度となります」

私は指示棒を伸ばし、地図の帯状の範囲を示す。

「そして、その魔力波の先にある街は——」

パン、と地図上の一点を軽く叩く。

皆が息を呑み、裁判長が呟いた。

「先ほど話にあった、パドマの街ですか……」

「左様でございます」

軽く一礼する私。

ちら、と公爵を見ると、彼は相変わらずの無表情で私を睨みつけていた。

――が、よくよく見ると、握った拳が微かに震えている。

私は公爵に尋ねた。

「さて、オズウェル公爵閣下。ご存じであれば教えていただきたいのですが……ここ、王都サナキアから公国との国境まで、どのくらいの距離があるのでしょうか？」

私の問いに、顔を引き攣らせる公爵。

「……約四〇〇㎞だ」

「そうなのですか！　ありがとうございます。さすが長きに渡り王国の要職を務められた公爵閣下でいらっしゃいますね」

「国で内政や外務、軍事に関わる者であれば、知っていて当然の教養だ」

「そうなのですね。ご教授いただきありがとうございます」

私は笑顔で一礼する。

そして次に、グレアム兄さまの方を向いた。

「ですが困りましたね、お兄さま。お兄さまのお話では『公爵閣下がこの通信機で公国と連絡をとっていた』ということでした。でも今の公爵閣下のお話では、公国までこの王都から四〇〇㎞もあるそうです。通信機の魔力到達距離が一七〇㎞ですから、国境まで二五〇㎞も離れたパドマの街から魔力を飛ばしても、『国境まで届かない』ということになりませんか？」

「（ぶっ……）」

私の三文芝居に、顔を背けて笑いをこらえる兄。

（せっかく頑張って話を振りましたのに……。あとでお父さまからお説教をしてもらわないといけませんね）

私が頬を膨らませていると、なんとか笑いを抑え込んだ兄は私に頷き、次に裁判長の方を向いた。

その顔に、もはやおふざけはない。

「裁判長。今の参考人の発言は、大変重要な点を含んでおります。『通信機がある王都とパドマの街からでは、公国まで通信魔力が届かない』。――では、どうすればいいか？」

兄が公爵を見据える。

「まさか……」

公爵は顔を引き攣らせ、ぷるぷると体を震わせる。

「このようにすれば良い訳です。――係官、二枚目の地図を！」

バッ、と係官たちが一斉に新たな地図を広げた。

そこに描かれているのは、王国西部から国境を経て公国の首都に至るまでの地図。

王都からパドマの街まで引かれた赤い線は、王国西部の農村地帯に打たれた赤い点を経由し、国境をまたぎ、公国内の二か所を経て最終的に公国の首都にまで延びていた。

議場全体が動揺する中、兄が声を張り上げる。

「すでに第二騎士団は西部農村地帯にある小屋を捜索し、三台目の通信機および通信記録を押収。さらに公国に潜入し、最終的にこの通信経路が公国騎士団の拠点に至ることを確認いたしました」

大きく息を吸った兄が、公爵を指差し叫ぶ。

「観念しろ公爵！ 貴様の薄汚い企みは、すべてお見通しだ!!」

そのとき、ゴンッ!! という嫌な音が反対側から聞こえた。

目を向けるとそこには、机に拳を打ち付ける公爵の姿があった。

「この、平民あがりどもがっ！ 何度も、何度も、何度も！ 邪魔しおってっっ!!」

公爵は再び血で汚れた拳を机に打ち付ける。

「ふてぶてしい似非《えせ》貴族どもも、そんな連中におもねる王も、みんな死んでしまえっ!!」

周りを見回してそう叫んだ公爵は、最後にじろりと私を見る。

じっとりと澱んだ、暗い瞳。

「貴様さえ……」

その口から漏れ出る、呪いの言葉。

「貴様さえ、いなければあああっっ!!」

被告人席の柵を乗り越え、こちらに飛び出そうとする公爵。

「衛兵っっ!!」

ジェラルド殿下が叫ぶのと、二人の兵士が公爵に飛びかかるのは、同時。

——こうして私たちの宿敵は、兵士たちに取り押さえられ連行されて行ったのだった。

13

オズウェル公爵が退廷したあと。

審議は終わり……とはならなかった。

公爵のアレは自白のようなものではあったけれど、有罪を確定するために必要な証拠の確認が一つだけ残っていたからだ。

一体なんのことか。

先ほどグレアム兄さまが言った『通信記録』のことだ。

兄はあらためて農村地帯の中継小屋で押収した『通信履歴と符号表』について証拠品を提出。符号を復号した電文を発表した。

その内容は衝撃的なものだった。

飛竜による襲撃は少なくとも一年前から計画・準備され、公爵は実行の機会を窺っていたらしい。

——陛下と第一王子が揃い、屋外に顔を見せるタイミング。

その機会があの日ついにやってきたのだ。

どうりで敵の手際が良かった訳だ。

やり直す前の時間軸ではその機会がなく、結局、戦場でジェラルド殿下を謀殺することになった。

陛下と殿下が揃うのを諦め、王陛下には毒を盛ることにしたのだろう。

今や確かめるすべはないけれど。

——結局、この通信記録が決定打となった。

公爵が事件当日のスケジュールを公国側に漏らし、発信機を使って飛竜に合図を送る算段をしていたことが明らかになると、もはや王党派の貴族たちは何も言えなくなった。

公爵の有罪は賛成多数で可決。

審議の途中でこっそり逃げ出そうとした王党派の議員数名が取り押さえられる一幕もあった。

後で父から聞いた話では、この裁判そのものが公爵の協力者を一堂に集めるための『ホイホイ』でもあったらしい。


「——以上の罪により、オズウェル公爵に死刑を宣告する」

裁判長が判決を下すと、議場に拍手と歓声が響いた。

だが判決文はそれに止《とど》まらなかった。

「本件の調査の中で、飛竜の飛行ルートや各地の協力者については未だ不明な部分が多い。本法廷は検察に、更なる調査を求めるものとする」

それは、議場にいる何人かにとって死刑判決に等しいものであっただろう。

裁判長が木槌を叩く。

「以上をもって、本法廷を閉廷とします」

湧き上がる歓声。

そのとき、バタン！　と音を立て、議員席の背後の扉が一斉に開いた。

「⁉」

その音に、気配に、誰もが驚き振り返る。

もちろん私も。

間髪《かんはつ》を容《い》れず、議員席に突入してくる騎士たち。

「お、お父さまっ！」

私がとっさに隣に座る父の腕をつかむと、父は、ぽんぽん、と私の肩を叩いた。

「レティ、大丈夫だ」

やけに落ち着いたその声に父の顔を見ると、父は微笑んで頷いた。

「皆さま、その場を動かれないように！」

いつの間に移動したのか、議場の中央に第一王子のジェラルド殿下が立っていた。

殿下は朗々とした声で皆に告げる。

「自由な意見が尊重されるべき元老院の議場で逮捕に踏み切ることをお詫びする。だが今回の事件は、我が国を揺るがす大事件であった。それだけに被疑者の身柄の確保に万全を期す必要があったことを、どうかご理解いただきたい。――総員、被疑者を確保せよ‼」

「「了解‼」」

再び動き出す騎士たち。

「確保！」

「被疑者確保！」

「確保っ!!」

騎士たちが、次々に王党派の議員たちを拘束してゆく。

拘束された貴族たちは、ある者は茫然として、またある者は喚きながら連行されていったのだった。

14

「お父さまは、このことをご存知だったのですか？」

私が尋ねると、お父さまは「まあな」と言って静かに笑った。

ちなみにヒューバート兄さまは私と同じく寝耳に水だったようだ。

やがて、グレアム兄さまが私たちのところにやってきた。

「俺はこれからゲストの皆様が留置場に入居できるよう手続きをしてくるよ。……うちの殿下《ボス》は人使いが荒くて困る」

そう言って首をすくめる。

私はそんなお兄さまの手を取った。

「どうした？　レティ」

「検事、お疲れさまでした」

私がそう言うと、兄は苦笑する。

「俺は仕事だからいいんだよ。それよりレティのおかげでここまで来れたんだ。よく頑張ったなレティ」

そう言って私の頭をなでるお兄さま。

「お兄さま、は、恥ずかしいですっ」

私が両手で顔を隠すと、兄は「ははっ」と笑い、

「それじゃあ、気をつけて帰れよ」

と言って、他の騎士たちのところに戻って行った。

「はあ……」

恥ずかしさに思わずため息を吐く。

まったく。うちの家族はなんでこんなに私に甘いのかしら。

そう思ったところに、今度は反対側から二つの手がのびてきた。

「レティ。お前は我が家門の誇りだよ」

「偉かったぞ、レティ！」

そう言いながら、先を争うように私の頭を撫でる父と次兄。

「ちょっと、お父さま！　ヒュー兄さまも！　私を恥ずかし死にさせるつもりですかっ」

私の抗議に、にんまりと笑う二人。

「恥ずかしがるレティも可愛いぞ！」

「ねえ？」

うん。訊いた私がばかだった。

第10章　凶刃

「——オズウェル公爵に死刑を宣告する」

裁判長が判決を下した瞬間、ハイエルランド王国第二王子、アルヴィン・サナーク・ハイエルランドは激しい動悸に襲われた。

（っ、はあっ、はあっ……）

視界が歪む。

（なんだ、これは？）

彼は先ほどから目の前で起きていることが理解できなかった。

（なんなんだ、この状況は⁉）

昨夜会ったとき、叔父は……オズウェル公爵は、彼にこう言ったのだ。

「この裁判は元老院派どもが仕組んだ茶番劇です。証拠もなく、道理もなく、ただ私たち『尊き血』を持つ者を貶めることが目的なのです。ですから殿下が心配されることは何もないのですよ」と。

——なのに、どうだ。

あの憎たらしい婚約者候補とその兄は、次々に叔父にとって不利な証拠を並べ立てていった。

あれらはきっと、元老院派により捏造された証拠に違いない。

だが叔父の弁護士はその捏造を暴くことができず、失言を発して退場。

自ら自分の弁護を宣言した叔父も、周到に用意された罠から抜け出すことはできなかった。

結果、叔父は兵士に取り押さえられ、下された判決は『死刑』。

そんなはずがない。許されるはずがない！

自分と同じ『尊き血』が流れる叔父が、平民上がりどもの罠に嵌められ死刑になるなど……！

「ぐぅっ……」

歯ぎしりするアルヴィン。

「――本法廷を閉廷とします」

裁判が終わる。

バタン！　と開かれる議場の扉。

同時に議場に突入してくる第二騎士団の騎士たち。

彼らはあっという間にアルヴィンの支持者である王党派の貴族を取り囲んでしまった。

（な、何が……何が起こってる!?）

訳が分からず周囲を見回すアルヴィン。

と、いつの間にか議場の真ん中に立っていた『穢らわしい血の混じった兄』が演説を始めた。

そして、兄の号令とともに逮捕され、連行されてゆく王党派の貴族たち。

「ま、まさか――ち、父上っ!?」

判事席にいる父王に向かって叫ぶ。

が、その声は喧騒にかき消されて届かない。

それどころか父王は、兄の報告に厳しい顔で頷くと二人で議場をあとにしてしまった。

その事実が意味するところを理解できないほど、アルヴィンは馬鹿ではない。

「そんな……そんな馬鹿なっ！　この茶番劇を、陛下が了解しているというのか⁉」

茫然と呟いたアルヴィンは、椅子に座り込んだ。

最初から何かがおかしかった。

なぜ叔父が……現役の宰相であり、王国で王家に次ぐ権威と権力を持つオズウェル公爵が、被告人席に座らされているのか。

なぜ没落しつつある新貴族の息子ごときが、検事席にいるのか。

そして、なぜその妹が参考人席に立ち、我が物顔で証拠品の説明をしているのか。

叔父は『事前に襲撃当日の予定を知っていた』という理由で訴えられた。

だがそれなら、あの連中はどうなのだ。あいつらだって当日の予定を知ってたじゃないか！

それに自分たちがでっち上げた証拠なら、都合の良いように説明するのも訳ないだろう。

――つまり、自作自演！

アルヴィンは未だ傍聴席にいる『敵』を見た。

婚約者候補の娘と笑顔でじゃれ合う、父と兄。

企みが上手くいき、増長しているようにしか見えなかった。

「くそっ、化けの皮を剥いでやる！」

席を立つ。

判決は下った。だが、納得などできない。

――父王にお願いして、こんな酷い仕打ちはやめてもらわなければ。

アルヴィンは議場を出ると、本城へと向かったのだった。

早足で廊下を進む。

目指すのは、父王の執務室。

と、向こうから一人の女性が息を切らせながらこちらにやって来るのが見えた。

(あれは……たしか、母上の侍女？)

そう思って訝しんでいると、向こうも気づいたらしく、

「殿下っ！　アルヴィン殿下っ‼」

と叫んで走り寄ってきた。

「どうした⁉」

「王妃殿下が、お母上がっ……」

「母上がどうした⁉」

嫌な予感がして思わず叫ぶと、侍女はとんでもないことを口にした。

「今しがた、王陛下が騎士たちを引き連れて部屋に来られ、王妃殿下のことを『暗殺未遂の共犯』と糾弾し西の塔に連れて行かれたのですっ！」

「なっ、なんだって!?」

アルヴィンは顔を歪め、泣きそうな顔で聞き返した。

1

容疑者たちが連行され、気の短い議員たちがそれに続いて議場をあとにする。

おかげで議場の出入り口は大混雑していた。

「落ち着くまで少しかかりそうだな」

お父さまがそう言うと、ヒューバート兄さまが首をすくめた。

「きっと車寄せも凄いことになってるんだろうな」

実際、登城したときも馬車と人ですごく混雑していた。

帰りならもっとだろう。

「急ぐ必要もありませんし、しばらく様子を見てから動きましょうか」

「そうだな」

私の言葉に、父と兄が頷く。

——結局、私たちが議場を出たのは、それから一〇分ほど経ってからだった。

議場から車寄せまでは、少々離れている。

歩いて七分ほどはあるだろうか。

私たちは城の廊下を歩いていた。

「お父さまとヒュー兄さまのおかげで、なんとか今日の裁判を乗り切ることができました。本当にありがとうございます」

私が二人に感謝すると、

「いやいや。僕がやったのなんて、魔力探知機の資材調達と工程管理くらいだし。レティの方がよっぽどお手柄だよ」

「そうだな。私も陛下への報告と貴族たちへの根回しくらいしかしていないからな。グレアムも頑張っていたが、やはり今日一番のお手柄はレティだろう」

と言って、頭をなでてくれた。

その手の温かさに、ほっとする。

このひと月というもの、ずっと気を張って動いていたから、やっと肩の荷が下りた気分だ。

そのときだった。

「「!」」

横を歩く父と兄が急に立ち止まった。

「?」

目を凝らすと、少し先の廊下の柱に誰かがもたれかかっているのが見えた。

ちょうど陰になっていて、顔は見えない。

その人物は私たちの方を見ると、体を起こし、こちらに歩いて来る。

魔導灯の灯りが顔を照らした。

「っ!?」

それは、憔悴した顔で目だけを不気味にギラつかせた、第二王子のアルヴィンだった。

2

柱の陰からゆらりと出てきた第二王子は、私たちの目の前に立ち塞がった。

「やあ、これはこれは。どこぞの平民伯爵閣下じゃないか」

嘲《あざけ》るように嗤《わら》うアルヴィン。

「――ご無沙汰しております。第二王子殿下」

警戒したまま立礼する父。

慌ててそれに続くヒューバート兄さまと私。

正直、会いたくない相手。

だけど臣下の礼を怠る訳にはいかない。言いがかりをつけられるような隙は、与えたくない。

「卿の息子と娘はとても優秀だな。法廷での活躍には目を瞠《みは》ったよ」

どろりとした視線を私に投げかける第二王子。

「不肖の子らに過分なお言葉でございます。殿下」

父が再び首を垂れると、王子の顔が歪んだ。

「本当に優秀だよ。偽《にせ》の証拠をでっちあげ、それらしい屁理屈《へりくつ》で無実の人間を罪に陥れる。成り上がり者に相応しい実にずる賢い奴らだ。おかげで叔父は死刑、母上は幽閉。僕を支持していた者たちは皆逮捕された。これでオズウェル公爵家も、王党派も、僕も、みんなおしまいだ！」

凄まじい形相《ぎょうそう》で叫ぶ王子。

自慢の金髪も、整っているはずの容姿も、もはや見る影もない。

「卿もさぞ愉快だろう。正統な血統が絶え、貴様ら元老院派の偽貴族どもが僕らにとって代わるのだからな！」

憤怒《ふんぬ》とともに叫ぶ王子。

と、それまで黙っていた父が眉を顰《ひそ》めて口を開いた。

「殿下。我がエインズワースは旧来より政治的に中立の立場を保っており、その姿勢はこれからも変わることはありません。我が家門が仕えるのはハイエルランドの王家であり、この国そのものです。王権に対しなんらの意図も持ちませんし、ましてや事実を捏造するなどということはございません」

実に真っ当な主張。

だが王子はそうは取らなかった。

「黙れ！　それならなぜ、母上までもが幽閉された!?　母上は今回の件とは関わりがないはず。貴様らにオズウェル公爵家排除の意図がなければ、幽閉などされるはずがないっ!!」

「王妃殿下の幽閉については、私も今、殿下から伺って初めて知りました。――ただ、事件当日に王妃殿下がアルヴィン殿下を伴い、外部のお茶会に参加されたことについて陛下が留意されている、ということは伺っております」

「「えっ!?」」

父の言葉に驚く、私とヒューバート兄さま。

その話は初耳だ。

王子も予想外の話に戸惑っているようだった。

「お、お茶会っ!?」

「はい。殿下は事件当日、王妃殿下と一緒にハーニッシュ侯爵邸で開かれたお茶会に参加されていたとか。そのお茶会が『事件の前日になって突然、王妃殿下の意向で開催されることになった』点について、陛下は不審に思われていたようです」

「っ！」

逡巡するアルヴィン。何か心当たりがあるようだ。

廊下の先に、人が集まってきていた。

どうも先ほどからのアルヴィンの大声を聞いて、様子を見にきたらしい。

それを見た父は、ふう、と息を吐いた。

「いずれにせよ、私も子供たちも殿下とご親族への害意はございません。それでは、失礼いたします」

立礼して歩き始める父。

ヒュー兄と私も慌てて一礼してその後を追う。

俯いた王子の横を通り過ぎる。

憔悴しているであろうその顔は、影となり今は見えない。

――そのときだった。

「……………れば」

背後から聞こえる、不気味なひとり言。

「お前たちさえ、いなければあああっっ!!」

シャリン、と響く不気味な金属音に振り返る私。

「えっ!?」

そこに立っていたのは、憎悪を湛えた瞳で私を睨み、赤い光を纏う魔導剣を抜き放った第二王子だった。

王子が吼《ほ》える。

「死ねっ！　この成り上がりの犬どもがぁあああっっ!!」

憤怒の形相で斬りかかってくるアルヴィン。

恐怖に身体が強張る。

「「レティィっ!!」」

背後から、ぐい、と両肩を引っ張られた。

――が、間に合わない。

凶刃が赤い軌跡とともに私に振り下ろされる。

そのとき、肩掛けの鞄がガバッと開き二つの影が飛び出した。

「「『自動防御《アウト・ディフェンシア》』!!」」

ココとメルの両手が虹色に光る。

次の瞬間、赤い光と虹色の光が衝突し——眩い光を放った。

「っ!!」

間一髪。

刃は私の目の前で止まっていた。

「くっ……！　なんだこれはっ!?」

剣を取り戻そうと、押したり引いたりするアルヴィン。

が、剣は微動だにしない。

当たり前だ。ココとメルが展開する防御膜が、がっちりと刀身を掴んでいるのだから。

「くそっ！　動けっ！　動けっ!!」

顔を真っ赤にして剣を押し引きするアルヴィン。

が、当然剣は動かない。

「くそっ！　くそっ!!　くそおおおっ！！！」

もう涙目だ。

悪鬼のような形相で、見苦しいことこの上ない。

突然の恐怖と怒りで感情が振り切れた私は、目の前の馬鹿王子を睨んだ。

「おいたが過ぎますよ」

魔力を操り、防御膜を歪ませる。

――ビキッ
「へっ？」

目を見開く馬鹿王子。

更に防御膜を歪ませる。

――ビキビキッ
「ひっ⁉」

刀身に入ったヒビが、広がってゆく。

――ビキビキビキビキッ
「お、お祖父《じい》様の魔導剣がああああっ⁉」

私は、一気に防御膜を捻じ曲げた。

バキンッ‼

「うわぁあああああああああああああっ！！？」

目の前で真っ二つに折れた魔導剣を前に、顔を引き攣《つ》らせへたり込むクズ。

私はそんな馬鹿王子を見下ろし、言い放った。

「あなたがどんなに馬鹿でクズでも私には関係ない。だけど私と家族に手を出すなら……」

私は防御膜をコントロールして、馬鹿の目の前に折れた剣を移動させる。
そして、
バキッ！　バキバキバキバキンッ!!
馬鹿の剣を粉々に砕いてやった。

3

腰をぬかし涙目で私を見上げる『それ』。

「お父さま。こういう場合、どうすれば良いのでしょうか？」

「え？　……あ、そ、それよりも、ケガはないか!?　レティ」

私が振り返ると、茫然としていた父が、はっとしたように尋ねてきた。

「はい。ココとメルが守ってくれましたので」

なんとか微笑んでみせると、お父さまとヒューバート兄さまは安堵のため息を吐いた。

「よかった。肝が冷えたよ」

そう言いながら、罪人を睨みつけるヒュー兄。

父も『それ』に険しい視線を向ける。

「………」

しばらくして、先に口を開いたのは兄だった。

「父上。我々としては、元老院に本件の調査を申し立てるほかないのではないですか？　王城での出来事とはいえ、まさか近衛に王族の逮捕権はないでしょう」

「――そうだな。不逮捕特権があるとはいえ、王族も法には縛られる。元老院に違法行為の調査請求を上げれば、陛下と元老院議長が動いてくださるだろう」

思案しながらそう返した父は、顔をあげて私たちを見た。

「だが、差し当たっては陛下への報告だ。侍従長を通して陛下にご報告申し上げるようにしよう」

「――分かりました」

私たちが頷いたときだった。

廊下の先にいる人々をかき分けて、帯剣した男が数名ガチャガチャとこちらに走ってきた。

「貴様ら！　何をしている⁉」

「殿下っ‼」

先頭の男がそう叫ぶと、馬鹿王子に駆け寄る。

「貴様ら、殿下に何をした⁉」

続く四人の男が私たちを取り囲み、正面の大柄な男が恫喝《どうかつ》するように吠えた。

「近衛か」

父が正面の男を睨みつける。

男たちはチェインメイルの上に上衣を羽織っていたが、その上衣に刺繍《ししゅう》された紋章には私も見覚えがあった。

父が言った通り、あれは第一騎士団の紋章。私にとっては見るだけで吐き気がする紋章だ。

その背景には、近衛を表す盾の図案が描かれている。

「……はっ、……はっ」

未来の記憶がフラッシュバックする。

「大丈夫かレティ⁉」

腕をまわし、私を守るように抱きしめる兄。

「だ、大丈夫………」

兄の腕の温かさに、動悸はしだいに落ち着いてくる。

「二人とも私の後ろに」

父はそう言って前に進み出ると、声を荒げた大柄な騎士と対峙した。

「私たちは何もしていない。殿下が突然私の娘に斬りかかったのだ」

「嘘をつくな！　どう見ても被害者は殿下ではないか‼」

「嘘ではない。凶器の剣がそこに転がっているだろう」

「ああん？」

足元に目をやる近衛たち。

「っ⁉　これは殿下の……っ‼」

大柄な男は、もはや刀身を失った剣の柄の部分を見ると、顔を真っ赤にしてこちらを睨んだ。

「やはり貴様らが加害者ではないか！　――衛所で話を聞かせてもらうぞ‼」

そう怒鳴り、父の腕を掴もうと手を伸ばす。

次の瞬間、相手の巨体が宙を舞った。

ドスンッ!!

床に叩きつけられた相手は一瞬のことに何が起こったのか分からないらしく、目をパチパチさせて茫然としている。

「貴様ぁあ！　抵抗するかっ!?」

シャイン、という音とともに剣を抜く男たち。

父は私たちを壁の方に下げさせながら、近衛たちの前に立ちはだかった。

「貴殿らはまず状況をきちんと確認すべきだろう。確認もないまま被害者を力づくで連行しようとし、あまつさえ武器も持たぬ相手に剣を抜くとは……騎士の誇りを忘れたか！」

一喝する父。

怯む近衛。

そのとき、新たに三名の騎士が向こうから走って来るのが見えた。

「やめないか！」

新たにやってきた騎士たちは、そのまま私たちと近衛の間に割って入った。

「レティシア嬢、オウルアイズ伯、お怪我はありませんか？」

そう問いかける彼らが纏うのは、グレアム兄さまと同じ第二騎士団の制服。

「ああ、大丈夫だ」

父が頷くと安否を尋ねた若い騎士は、兄に守られ縮こまっている私を見て目を見開いた。

彼は――彼らは、私たちを背に近衛に向き直る。

「おのれ下衆《げす》ども。我らが恩人に何をするか!!」

剣を抜かず、ただ気迫のみで五人の近衛に相対する三人の騎士。

その姿に、勇気に、私は思わず泣きそうになる。

一瞬怯んだ相手は、先ほど父に投げられた大男に手を貸して立ち上がらせると、距離をとりあらためて私たちに向けて剣を構えた。

「平民あがりの似非騎士どもめ。第二王子殿下に危害を加えた者たちに加担するつもりか!?」

「何を馬鹿なことを。丸腰のレティシア嬢に先に剣を抜いたのは殿下だという話ではないか!」

「黙れっ！　ここ王城は我ら近衛の管轄。邪魔するならば実力で排除する!!」

人数に任せて私たちを囲み、じりじりとその輪を縮め始める近衛たち。

――このままじゃ、けが人が出る。

「ココ！　メル！」

二人に魔力を通し、三人の騎士の頭上に浮かべる。

もし近衛が斬りかかってきたら、自動防御《アウト・ディフェンシア》が発動するように。

額から汗が流れた。

そのとき――

「双方、控えよ!!」

廊下に、聞き覚えのある威厳に満ちた声が響き渡った。

廊下の端に姿を現した王陛下。

その横には、グレアム兄さまが数名の騎士とともに付き従っている。

一喝した陛下は、グレアム兄と騎士を引き連れ、足早にこちらに歩いてきた。

「へ、陛下っ‼」

剣を抜いたまま、驚きとまどう近衛たち。

どこかの馬鹿王子は茫然とへたり込んだままだ。

一方で私たちを守る第二騎士団の騎士たちは、その場で、すっ、と片ひざをついた。

父は立礼をもって陛下を迎え、私も礼をしようとして――

「……っ」

「レティ⁉」

足が震えてカーテシーができず、その場に座り込んでしまう。

「大丈夫かレティっ！」

ヒュー兄さまが横で膝をつき、背中をさすってくれる。

「だ、大丈夫……」

そう言いながら、俯き見つめた先の床に、ポタポタと雫がこぼれ落ちるのに気づく。

(え……？)

いつの間にか、目から涙があふれていた。

その熱い滴は次から次に湧き出し、止まらない。

「レティ？」

「レティっ！」

私の名を呼ぶ二人の声。

「あ、ああ……」

父が私を抱きしめる。

伝わるぬくもり。

二人の声。

そうか、私――

「ああああああっ」

……怖かったんだ。

「ああああああああああああああああ――っ!!」

私は父の胸に顔をうずめ、思いきり叫び泣いた。


それからどんなやり取りがあったのか、詳しくは知らない。

父の胸で大泣きした私は、どうやらそのまま気を失ってしまったらしい。

後から聞いた話では、私に斬りかかった馬鹿王子はそのまま自室に連れて行かれ蟄居《ちっきょ》。私たちに剣を向けた五人の近衛は地下牢に放り込まれたということだった。

もちろんこれらは、正式に捜査が行われ処分が決まるまでの仮の処置。

それでもあの野蛮な者たちが拘束されたという事実は、私の中の恐怖をいくらかでも和らげてくれるものだった。

まあ、それはそれとして。

王城で気を失うのはこれで三度目だ。それも全部あの馬鹿王子がらみ。

二度あることは三度あったけれど、さすがに四度目は遠慮したい。

公爵は死刑が確定し、馬鹿王子は自ら犯罪に手を染めた。

怖い思いをしたけれど、三度目の正直という言葉通りこの問題もこれで終わりにする。

私が王城で倒れることは、二度とないだろう。

4

——夢を見ていた。

温かい夢。

内容はもう覚えていないけれど、父がいて、二人の兄がいた。

アンナがいて、ココとメルもいたのを覚えている。

そして、もう一人。

(あれは……)

目を開けた私は、ぼんやりと天井を見ていた。

カーテンが引かれた薄暗い部屋。

見上げた天蓋の裏には、美しい草花の模様が描かれている。

「……ここ、どこ？」

呟いた私に、傍らの椅子に腰掛けていた誰かが、はっとしたように立ち上がり手を伸ばした。

「ご気分はいかがですか？　お嬢さま」

聞き覚えのあるその声の主は――

「アンナ？」

「はい。お嬢さまのアンナですよ」

優しく私の頬をなでるその手に、自分の手を添える。

ひんやりとした手に心が落ち着く。

「ここはどこ？」

「王城の客室です。隣の部屋に旦那様が、また別の部屋にヒューバート様も滞在されてますよ」

「でも、どうしてアンナがここに？　入城許可なんて簡単に下りないでしょうに」

私は首を傾げた。

もしここが王城なら、アンナがいるのはおかしい。

王城には相応の格式とその格式に基づいた厳しいルールがある。いくら客人であっても、王城の客室にその侍女が入ることは基本的にない。他国の王族ならいざ知らず。

私が首を傾げていると、私の侍女はにっこり微笑んだ。

「昨日の夕方、お屋敷にお城から遣いの方が来られたんです。旦那様からの言伝《ことづて》で『すぐに登城して、お嬢さまに付き添うように』と。王陛下の名前入りの入城許可証なんて、初めて見ました」

「――そう。そういうことね」

「はい。そういうことです」

呟く私に、アンナがにっこり笑って頷いた。

多分、私の『そういうこと』とアンナの『そういうこと』は意味合いが違うと思うのだけど。それを口にするのも無粋《ぶすい》なので、私は代わりにこう言った。

「アンナがいてくれてほっとした。……一緒にいてくれて、ありがと」

気恥ずかしくて視線を合わせずにそう言うと、アンナは目を見開いて大きく息を吸い、

「もうっ、レティシアお嬢さま、可愛すぎますっ！」

がばっ、と勢いよく私に抱きついたのだった。


二〇分後。

私の客室には、二人の来訪者がいた。

「大丈夫かい、レティ？」

心配そうにそう尋ねるお父さま。

「落ち着いたかい？」

不安げに微笑むヒューバート兄さま。

私は二人に頷いた。

「はい。ご心配をおかけしましたが、もう大丈夫です」

そう言って、笑顔でぎゅっと両のこぶしを握ってみせる。

「レティ……」

そんな私を抱きしめるお父さま。

――あったかい。そして、恥ずかしい。

「パパ、兄さま、私は本当に大丈夫ですからっ」

「無理をしなくていいんだよ」

そう言って頭をなでるヒュー兄さま。

「む、無理なんてしてませんっ」

頬をふくらませて抗議すると、二人はやっと笑顔になったのだった。

「陛下が、お前が快復したら内々に話がしたいと仰っているんだが、どうする？」

客室に運んでもらった軽食を口にしながら、三人で丸テーブルを囲む。

父の問いに頷く私。

「私は構いません。身なりを整えたらすぐにでもお伺いできますよ」

昨日の件のお詫びと、宿泊のお礼も申し上げなければならない。

ちなみに今の私は寝巻きのままだ。

着替えようとしたら、みんなから『焦らなくていい』と止められてしまった。

「それでは、食事が終わったら陛下に一報入れることにしよう」

「はい。そのようにお願いします」

私がそう返すと、父は優しく頷いたのだった。

5

――ところが。

食事を終えようやく身支度が終わった頃、私の客室の扉をノックする者があった。

顔を見合わせる、私とアンナ。

「お父さまか、お兄さまかしら？」

「出ましょうか？」

「ええ。お願い」

私の頼みに頷いたアンナが、扉に向かう。

「お待ちください。今、開けますので……」

そう言って扉を開けたアンナは、絶句した。

「へっ……？」

文字通り固まる、私の侍女。

「レティシア嬢と面会したいのだが、構わんかね？」

聞き覚えのある声に、私は勢いよく椅子から立ち上がる。

そうして小走りで扉の前に向かった私は、そこに立つ人物を見て思わず叫んだ。

「陛下っ！　どうしてこちらに⁉」

陛下の後ろで首をすくめる父。

その様子になんとなく事情を察する。

「なに。こうするべきだと儂が判断したのだよ」

この国の元首にして最高権力者。ハイエルランド王国国王、コンラート二世陛下は、そう言って微笑んだのだった。

私は動転しつつも、カーテシーの礼をする。

「身に余る光栄です、陛下。何もおもてなしすることができませんが、どうぞお入りください」

「うむ。儂の勝手で訪れたのだ。気を遣わなくて良いのだよ」

陛下はそう言って微笑むと、客室に入ってきた。

困り顔のお父さまが陛下の後ろに続く。

「さて」

陛下は扉の方を振り返り、アンナと侍従たちに声をかける。

「儂はレティシア嬢とオウルアイズ卿に話があるのだ。すまぬが他の者は外してくれるか」

決して高圧的ではないけれども、有無を言わさない言葉。

私は私で、ちらりとこちらに視線をよこしたアンナに頷いてみせた。

いそいそと退室するアンナと侍従たち。

他の者がいなくなったところで、父が扉を閉める。

陛下は扉が閉まるのを確認するとこちらを振り返り、立ち尽くしている私のところまで歩いて来ると、すっと腰を落とした。

「！」

驚く私。

が、陛下はそのままなんでもないように片ひざをついて私に目線を合わせる。

「レティシア嬢、具合はどうだね？」

「えっ、ええと……おかげさまで、この通り元気になりました」

動転して、敬語が吹き飛んでしまう。

「そうか……。怖い思いをさせてしまったな」

陛下は目を細め優しく私の頬を撫でると、膝をついたまま背筋を伸ばした。

「レティシア嬢。昨日の我が愚息の凶行、誠に申し訳なかった。詫びて済む話ではないが……父親として謝罪させて欲しい。本当にすまなかった」

そう言って首を垂れる陛下。

私はますます動転する。

「へ、陛下っ、頭をお上げくださいっ」

経緯が経緯とはいえ、一国の元首が小娘に頭を下げるなど前代未聞。

私は一瞬、おかしな夢でも見ているのかと自分の頭を疑った。

が、目の前の光景はどう見ても現実。

パニックになりかけながら、私はもう一度「陛下、どうか頭をお上げください」と繰り返す。

そうしてこの国の元首は、やっと顔を上げてくれたのだった。

『『あれ』の教育を王妃に任せきりにしたのは、儂の間違いであった。公爵家門からの強い申し入れで向こうが用意した者たちを教育係としてつけたのだが……強引にでも、中立の者を教育係としてつけるべきであった。いまや言い訳に過ぎぬがな」

陛下はそう自嘲気味に呟くと、私の目を見つめた。

「令嬢は完全なる被害者だ。アルヴィンの凶行だけではない。飛竜の襲撃にしてもそうだ。儂は全く過失のない令嬢を二度も危険に晒してしまった。そこで――」

陛下はわずかに躊躇うと、その言葉を口にした。

「二つ、令嬢の望みを叶えよう。なんでも良い。儂の手が届くことであれば、全力でその望みを叶えよう」

「えっ……？」

予想だにしない陛下の申し入れに、頭がフリーズする。

私が言葉を失っていると、陛下はふっと笑って立ち上がった。

「儂の用件は以上だ。返事は急がなくとも良い。望みが決まったら連絡しておいで」

陛下はそう言って微笑むと、

「では、また会おう」

と言って、父を連れて部屋を後にしたのだった。

陛下とお父さまが部屋を出て行ってしばらく、私はその場で立ち尽くしていた。

膝をつき謝罪した陛下。

叶えると言われた、二つの望み。

「陛下はお優しい方ではあるけれど……あの言葉を額面通りに受け取ってよいのかしら？」

それからしばらく、私はそのことに頭を悩ませることになったのだった。

6

その日の午後。

私はお父さまとヒュー兄さまとともに、家に向かう馬車の中にいた。

ちなみにアンナは御者の隣に座ってご満悦だ。

どうやら彼女は結構な乗り物好きであるらしい。

さて。せっかく父と兄と三人で話せるようになったので、私は早速二人に陛下から言われた『二つの望み』について相談することにする。

私が悩んでいることを伝えたところ、父はこともなげにこう言った。

「あれはお言葉の通りだろう。陛下は虚言を弄される方ではない。レティの望みを伝えれば、実現可能なことはなんでも叶えてくださるはずだ」

「「え……」」

ヒュー兄と私は、思わず父の顔を凝視した。

「でも、そこまで言っていただける理由が分かりません。いくらお詫びだと言っても、あまりに過分なのではありませんか？」

「ふむ……」

考え込むお父さまとお兄さま。

しばらくして、お兄さまが顔を上げた。

「そうか。陛下がレティにそんな提案をした理由、ひょっとしたら分かったかもしれない」

「え？」

首を傾げる私を見て、ヒューバート兄さまはわずかに苦笑する。

「要するに、何がなんでも『レティを失いたくない』んだよ」

「私を、ですか？」

「ああ。自覚がないみたいだけど、今や君はこの国の英雄で、天才魔導具師で、王国の最高戦力なんだ。もし今回の件でレティが外国に逃げたりしたらその損失は計り知れない。まして他国の攻撃と貴族の分裂で国内が不安定になっているタイミングだ。陛下としては、何がなんでもレティをこの国に引き留めておきたいのさ」

「――なるほど。そういうことなら分からないではないです」

ヒュー兄さまの観察力、背景を読む力は、おそらくうちの家族で一番だ。

グレアム兄が『武』に秀でているとすれば、ヒュー兄は『智』に優れていると言えるだろう。

「この際、遠慮せず陛下にご相談してみましょうか」

「何か望みがあるのかい？」

呟いた私を見て尋ねる父。

私は大きく頷いた。

「はい。少し考えていることがあります」

私は先ほどから考えていたことを、二人に話したのだった。


翌日。

私は再び父と王城に来ていた。これで三日連続のお城訪問だ。

「まさか、昨日の今日で謁見が叶うなんて思いませんでした」

侍従に先導され王城の廊下を歩きながらそう言うと、お父さまはくすりと笑った。

「ヒューバートの予想が当たったたな」

そう。昨日二人に相談した後。

帰宅した私は、早速謁見申請の手紙を王城に送った。

それを見ていたヒュー兄さまは「返事は早いと思うよ」と笑っていたのだけど――なんと今朝には城から遣いが来て、謁見の時間を伝えてきたのだった。

これには私もお父さまも耳を疑った。

オズウェル公爵の裁判が結審し、王妃を含む王党派貴族への取り調べが今日から本格化する。陛下も相当にお忙しいはずなのだけど、それでも私に時間を割《さ》いてくださるというのだ。

昨日のヒュー兄さまの見立ては、やはり正しいのかもしれなかった。

「『望みはなんでも良い』とは言っていただいてますが、なんだかやっぱりドキドキしますね。不敬にならないと良いのですけど……」

私がそう言うと、お父さまは苦笑した。

「大丈夫。あの程度ならば失礼にはならないよ」

「それでも、緊張するものは緊張するんですっ」

ぷくー、と頬を膨らませる。

父は、ふっと笑うと、そんな私の頭をよしよしする。

「いずれにせよ、せっかく陛下がくださった機会だ。お前の思いを率直にぶつけてみなさい。それがどんなことであっても、あの方は受け止めてくださるさ」

「わかりました。頑張ってみます！」

私は、ふん、と両の拳《こぶし》を握ってみせた。

「それにしても、お父さまは陛下のことを以前にも増して信頼されているのですね」

「ああ。この一ヶ月、何度も膝をつきあわせて相談させていただいたからな。陛下のお人柄に感じ入るものもあるさ。王としても、父親としても、な」

たしかにお父さまはこのひと月というもの、五日に一度のペースで王城を訪れていた。

それも陛下やジェラルド殿下に報告と相談をするために、だ。

ひょっとすると、相手を信頼しているのは父だけではないのかもしれない。

あの襲撃の日。

陛下を守るために真っ先に駆けつけた父と、殿下を守り続けた兄。そして皆を守ろうとした私。

そんな私たちの行動が、中立派たるエインズワース家への陛下と殿下の信頼を勝ち取った。

——そんな気がするのだった。

7

数分後。

父と私は、王陛下の執務室にいた。

謁見の間じゃない。執務室である。

この部屋に入ることができる人間は、国内でも数えるほどしかいないはず。

そんな部屋のソファでこの国の元首と向かい合って座った私は、顔に笑みを貼りつけ内心で笑うしかなかった。

（あはははははははは……）

「望みが決まったと手紙に書いてあったが、昨日の今日で本当によいのかな、レティシア嬢？」

陛下がやんわりと私に確認する。

私はあらためて背筋を伸ばし、陛下の目をまっすぐ見て頷いた。

「はい。昨日陛下からお言葉をいただいてから、よく考えて決めました。これから申し上げる内容で変更も後悔もございません」

「――そうか。ならば聞こう。レティシア・エインズワースよ。そなたは儂に何を望む？」

陛下の問いに私は大きく息を吸い、静かに吐き出した。

「一つ目の望みは、『今後、私と家族が政争に巻き込まれないようご助力いただきたい』ということです」

「政争？」

「はい。派閥しかり、政略結婚しかりです。我がエインズワースが中立の立場で王国に献身できるよう、陛下が必要と思われるときに、必要と思われるご助力をいただければと存じます」

私の言葉に、陛下が思案する。

「ふむ。私が必要だと思わなければ何もしなくて良い、ということかな？」

「もちろんです。ただ、王党派が力を失い貴族の勢力バランスが大きく変わるであろう現状では、陛下に御助力いただく機会は増えると考えております。――はっきりと申し上げれば、エインズワース家に近づこうとする方が増えるのではないかと」

「なるほど。そういった輩から距離を置きたいということか」

「はい。派閥による政治的圧力や、政略結婚の圧力から守っていただきたいのです」

念を押す私の顔を、まじまじと見る陛下。

やがて——

何やら音にならない音を立てて笑う陛下。

(「ふっ」)

「陛下?」

「わかった、わかった。エインズワース家に派閥からの圧力や、『王家を含め』政略結婚の話が行かないよう、十分気を配るとしよう」

そう言って陛下は、手のひらで顔を押さえて笑いをこらえる。

思わずむくれる私。

うちの家にとっても、私にとっても大切な話なのだ。

そんな私の顔を見た陛下は、ばつが悪そうな笑みを浮かべた。

「すまんな。レティシア嬢の気持ちを尊重しよう。それで二つ目の望みは何かな?」

私は気を取り直し、二つ目の望みを口にした。

「二つ目は、今回の事件の処罰を含め、法による統治を一層進めていただきたい、ということです」

「法による統治?」

「はい。権力を持つ者も、持たぬ者も、法の下で平等に扱われなければならないということ。そして、罪を問われるのは本人で、その係累や関係者を連座させてはならない、ということです」

脳裏に浮かぶのは、アンナたち使用人が処刑された、あの忌まわしい光景。

あんなことは絶対にあってはならない。

――たとえそれが、敵である公爵家の関係者であっても。

私の言葉に、陛下は思案して口を開く。

「ふむ。今回の処罰については了解した。だが先日の裁判もそうだが、すでに我が国では法による統治を行っている。また王国法では連座も禁止しておるのだが、それでは足りないということかな？」

陛下の仰ることは正しい。

確かにこの国は法による統治を行っている。

だけど――で、あれば、なぜ巻き戻り前には即決裁判なるものが行われ、父や私が一方的に断罪されることになったのか。

そしてなぜ、使用人たちや領地にいたヒュー兄さままでもが連座対象になったのか。

「今回の裁判にあたり、私もあらためて王国法に目を通しました。その上で申し上げるのですが、一つ一つの法に大きな問題はないものの、裁判官と検事の任命については、特定の地位の者による恣意的操作の余地があるように思われるのです」

「恣意的操作？」

私の言葉に、目を鋭くする陛下。

「はい。裁判官の任命は陛下の権限ですが、候補者の推挙は最終的に宰相の手で行われておりました。

また検事の任命も実質的には宰相が行っておりました。このような状態で――」

私は陛下を見る。

「オズウェル公爵の企みが成功し宰相が新王の摂政となっていれば、どうなったでしょうか？」

ぎょっとした顔で私を見る陛下。

「宰相の息がかかった検事と裁判官が任命され、事件のでっちあげと偽証による、対抗派閥への粛清が行われたのではないかと思うのです」

実際、巻き戻る前にはそれが実行されていた。

元老院派は急速に力を失い、オズウェル公爵の言いなりに法を作り変える組織になり下がっていたのだ。

「逆に言えば、公爵はそのような見込みを持っていたからこそ、あのような蛮行に及んだのではないでしょうか。もし制度がそのような介入を防ぐように設計されていたならば、ひょっとしたら公爵も犯行に踏み切れなかったかもしれません」

私の説明に、陛下は目を見開いた。

「それではどのような制度であれば、公爵の暴走を防げたというのだ？」

その目は、もはや優しいおじさんのそれではない。国を率いる王の目だ。

私はその目をまっすぐ見返し、静かに答えた。

「司法、立法、行政の権限を明確に分け、相互に監視させるのです。元老院が宰相を選出し、罷免《ひめん》する。宰相が裁判官を指名する。元老院が裁判官を裁く機能を持つ。裁判所が元老院と宰相の違法行為を裁く権限を持つ。――このような制度であれば、公爵の暴走は防げたのではないでしょうか？」

私の言葉に陛下はしばし考え込み、やがて顔を上げた。

「レティシア嬢。……正直、わしは、おぬしのことが恐ろしくなってきたよ」

陛下の言葉に私は戸惑った。

困り顔で首を傾げる私を見て、陛下は『やってしまった』というように自分の額を叩いた。

「すまんな令嬢。おぬしの話があまりに説得力があるので驚いたのだ。他意はないから赦しておくれ」

そう言って頭を下げる王陛下。

「私は大丈夫ですから、顔をお上げください陛下」

私の言葉に、顔を上げる王。

「三権を相互監視させるアイデアは、ご質問に対する回答としてお話ししたに過ぎません。私の望みとしては『現状を踏まえ、現実的な範囲で法治を進めていただけると嬉しい』というくらいのことです」

そう補足すると陛下は微笑し、頷いた。

「なるほど、了解した。今後は一層の法治を進めるとともに、権力の集中と私物化が起こりにくい制度を検討してゆくことを約束しよう」

「ご配慮ありがとうございます、陛下」

私は座ったまま頭を下げる。

そうして『これで話も終わりだろう』と思ったときだった。

陛下がさらりとこんな話を切りだした。

「ときにレティシア嬢。実は先日、父君から『男爵位を娘に継承させたい』という相談を受けたのだが、聞いておるかね？」

「！」

突然の話に、私は面食らった。

「ええと、エインズワース男爵位の話ですよね。戦爵の」

「うむ。その男爵位の話だが――その様子なら、家門の中で既に話はついておるようだな」

「はい。元々私が父に申し出た話ですし、もちろん承知しております」

まさか、このタイミングでその話が出るとは思わなかったけれど。

「そうか。では、なぜ令嬢は爵位を継ぎたいと思ったのだね？　普通の御令嬢は嫁ぎ先について望むことはあれど『自ら爵位を継ぎたい』などとは思わないと思うのだが」

「えっ？　ええと――」

頭をフル回転させる。

一番はもちろん、『馬鹿王子と婚約したくなかったから』だ。

が、さすがにそんなことを口走る訳にはいかない。

では、私らしい理由といえば……

「それは、私が『エインズワース』の名を再興したいと思ったからです」

「家門の再興？」

首を傾げ、私の目を見つめる陛下。

私はその目を見返して頷いた。

「はい。ご存知の通りエインズワースは魔導具の開発を以って建国に貢献し、爵位を賜った家門です。ですが最近は新規開発が滞り、競合の工房に仕事を奪われる一方でした」

ちら、と隣の父を見ると、お父さまは気まずそうに苦笑して首をすくめた。

私は再び陛下に顔を向ける。

「そこで、我が家門で一番魔導具が好きで、魔導具づくりが好きで、放っておくと寝食を忘れて図面をひき続けてしまう私が男爵位を継ぎ、家門を立て直したいと思ったのです！」

拳《こぶし》を握り、力説する私。

「そ、そうなのかね？」

引き気味の陛下。

だけど、私のテンションは止まることを知らない。

「はい、そうなのです。オウルアイズはお父さまとグレアム兄さまが栄誉ある道を歩んでくださるでしょう。ですがエインズワースの名に魔導具づくりの栄光を取り戻せるのは、私をおいて他におりませんっ！」

気がつくと私は、両手をテーブルにつき身を乗り出して叫んでいた。

ドン引きする陛下。

顔に手を当て、笑いをこらえるお父さま。

「そ、そうか。よく分かったよ、レティシア嬢。それでは令嬢には、より魔導具づくりに没頭できる環境を考えよう」

「？　――はい。ありがとうございます」

引き攣り笑いをする陛下のよく分からない言葉に、とりあえずお礼を言う私。

そうして王との会談が終わったのだった。

8

その後の二ヶ月。

色々なことがあった。

飛竜による襲撃に協力した者たちの裁判。

彼らとオズウェル公爵の刑執行。

王妃の廃位と蟄居。

この国を揺るがした大事件は、その後は私が関わることもなく粛々と後始末が進められた。

第二騎士団、検察、そして多くの人々の力により事件の全容が明らかになったのだ。

今回の襲撃計画は、一年ほど前から公爵が主導して進めていたものだった。

死刑となった他の協力者は、ほとんどが飛竜の経由地の提供者で、公国とのやりとりに関わっていたのは公爵とその部下数名のみ。

あとは『計画の一部については知らされていたが、役割を与えられていなかった者』が多く、彼らのほとんどは公職追放の上、爵位返上という判決に落ち着いた。

一つ残念だったのは、公国側についての情報がほとんど掴めなかったことだろうか。

あの魔導発信機と通信機の出所《でどころ》も『公国から提供された』以上のことは分からなかった。

ともあれ国内のゴタゴタについては、ほぼ解決したと言っていい。

もちろん、もう一つの裁判も。

陛下との会談から一ヶ月後。

第二王子アルヴィン・サナーク・ハイエルランドの王位継承権剥奪と王籍追放が発表された。

彼の私に対する殺人未遂の裁判が結審したのだ。

判決は、有罪。

彼は平民となり、北部の魔石鉱山で一〇年間の重労働につくことになる。

王党派貴族の残党からは異議を唱える声もあったが、陛下のご尽力により事件はきちんとした形で処理され、王国法に則って裁かれた。

被害者である私も当然裁判に出席した。

けれども、憔悴し被告席に廃人のように項垂《うなだ》れて座る彼にはもはや何も感じなかった。

怒りもない。憐憫もない。

ただ、判決が下り裁判所を出た瞬間に感じた『肩の荷が下りた』という感覚だけが、印象に残っている。

9

そのとき、私は温かいまどろみの中にいた。

「――さま」

おぼろげな意識の中、誰かの声が聞こえた気がした。

でも、まだ寝ていたい……。

「――さま、そろそろお起きにならないと間に合いませんよ」

聞き覚えのある声が、珍しく強い口調で私を起こしにかかる。

「あとじゅっぷん……。……ぐぅ」

「お嬢さまっ。『ぐぅ』じゃありません！」

ゆさゆさ。ゆさゆさ。

「やーだー、ねーむーいーー……」

実力行使に出たアンナに、最後の抵抗を試みる。

が――、

「ふんっ!!」

ガバァ！

取り去られる温かな布団。

「ちょっ、アンナ、寒いじゃないっ」

目を開けて抗議すると、目の前には仁王立ちする私の侍女の姿があった。

「お嬢さま。今日がなんの日かお忘れですか？」

「？　えーと……なんの日だっけ？？？」

「お嬢さまの叙爵式の日ですよ！　ボサボサ頭の寝巻き姿で陛下から叙爵されるおつもりですか？」

「あっ……」

その瞬間、きっちりスッキリ目が覚めた。

✶⋆第11章　エインズワースの復活⋆✶

1

アンナに布団を剥ぎとられて間もなく。

彼女の合図で、私の部屋に何人ものメイドがなだれ込んできた。

「え？　ちょっ、何!?」

メイドたちは手に化粧箱やら私の衣類やらを持ち、てきぱきとそれらを部屋に広げ始める。

「お嬢さまが起床されるまでみんな廊下で待ってたんです。さあ、まずは湯浴みをしましょう」

そう言って腕まくりしたアンナに浴室に連行される。

「えっ、ちょっ、あーれーー……」

アンナが魔法を使ってバスタブに湯を張る間、メイドたちが私の寝巻きを剥き始める。

魔法でできることは魔法で。細かいところは人海戦術で。

それから二時間ほど。

私はドラム式洗濯乾燥機に放り込まれる洗濯物の気分を、たっぷりと味わったのだった。


——三時間後。

「あ、レティシアさまだー！」

「おおっ、令嬢が出てきたぞ！」

お屋敷周辺に詰めかけた大勢の人々が、歓声をあげる。

「!?」

馬車に乗るために屋敷の玄関を出た私は、その光景に目を丸くした。

「何事ですか？」

戸惑う私に、前にいたヒュー兄さまが振り返り、にやりと笑う。

「みんな、レティの姿を見にきたんだよ」

「私を？」

確かに最近は、馬車に乗って外出するとオウルアイズ伯爵家の紋章に気づいて手を振ってくれる人が増えたけれども。

「でも、あんなに沢山の人がわざわざ私なんかを見るために集まるなんて……」

私がそう言うと、兄は『こりゃダメだ』とばかりに大袈裟に首をすくめた。

「レティはそろそろ自分の人気を自覚した方が良いよね」

「うむ。まあレティの可憐さを知れば、あのくらいは当然だがな」

うん、うん、と頷く父。

ちょっ、やめ……。

「お父さま。それ、もう人前で言わないでくださいね？　こうなった原因の何割かは、お父さまにあるんですからねっ」

私が眠り込んでる間に、勝手に肖像画をスケッチさせたり、新聞取材で妙なことを口走ったりするからだ（怒）。

頬を膨らませる私。

「う、うむ。分かった。もう他所《よそ》では言わない」

逃げ道をつくるお父さま。

私は父に詰め寄った。

「うちの中でもやめてください。お父さまは声が大きいから、いつも恥ずかしいんですっ」

「ぐう……ぜ、善処しよう」

なんだろう、この娘バカの伯爵さまは。

私が頭を抱えていると、

「レティシアさまーーっ！」

「叙爵、おめでとうございまーーすっ!!」

「やだ、新聞の絵より全然可愛いっ！　こっち向いてーー!!」

塀を囲む人々の歓声が聞こえてきた。

「ええと……」

戸惑う私。

するとヒュー兄さまが私を前に押し出し、ぽん、と肩に手を置いた。

「手を振ってあげたら？」

無視するのもなんなので、兄さまの言う通り人々に向かって胸元で小さく手を振る。

すると、

（「「わあああーー!!」」）

なんか、予想以上の歓声が返ってきた。

「そ、そろそろ行きましょうっ」

恥ずかしくなった私は、逃げるように馬車に乗り込んだのだった。

だけど、正直なところ私はまだ甘くみていた。

何をって？

もちろん、私の叙爵がどれだけ世間から注目されているのかを、だ。

2

門を出て、馬車は王城へと向かう。

屋敷の周りこそ人が押しかけていたものの、一旦走り始めれば、いつもの道、いつもの光景。

だが――

「ん？」

王城が近づくにつれ、なんだか道を歩く人が増えてきたような……。

そして、

「んんっ⁇」

馬車の窓から外を見ていた私は、一瞬とんでもないものが見えた気がして、窓に飛びついた。

「どうかした？」

身を乗り出し、尋ねる兄。

「なんだか、皆が小さな旗を持っているようなのですが……」

私はそう答え、窓の外に視線を移す。

そして見てしまった。

旗を。

旗に描かれた『それ』を。

「ちょ、ちょっと！　なんであの図案の旗が出回ってるんですか⁉」

それは二体のクマ。——いや、テディベア。

ココはこげ茶色の男の子。

メルは小麦色の女の子。

五歳の誕生日にお母さまがプレゼントしてくれた、私の大切な、大切な友達。

ココの手には、魔導ライフル。

メルの手には、輝く盾。

両脇に立つ二人の間に描かれているのは、蔦が絡まった魔導工具と製図台。

旗に描かれた図案は、間違いなく私がデザインした『エインズワース女男爵家』の紋章だった。

元々の男爵家の紋章がオウルアイズ伯爵家に引き継がれたため、私が使う用に新しい紋章を登録する必要があったのだ。

「そういえば、ちょっと前の新聞にレティの紋章として掲載されてたよね」

思い出したように、ぽん、と手を叩くヒュー兄さま。

「ええっ？　なんで新聞に載るんです？」

「そりゃあ我が国建国以来、初の女性当主だし。そうでなくてもレティの記事は人気があるから」

「いえ、そうではなくて。なぜあの図案が公《おおやけ》になっているのかと……」

確かに叙爵にあたって図案を国に提出はしたけれど、新聞社に渡した覚えはない。

そもそも私が描いたのは、国に提出するための一枚だけだ。

私が首を傾げていると、話を聞いていた父が口を開いた。

「貴族家の家紋については、国に申請すれば誰でも参照することができるぞ」

「えっ、そうなのですか？」

「ああ。その証拠に、新聞に掲載されたのは白黒だったが、あの旗は色つきだろう」

「「たしかに！」」

ヒュー兄さまと私は同時に叫んだのだった。

「あれ？　でも…………」

再び馬車の窓から外を見るヒューバート兄さま。

「あの旗って、どう見ても手作りじゃないよね」

「え？」

慌てて私も外を見る。

確かにどの旗も、旗の大きさと紋章の比率が同じ。

明らかにどこかの業者が『量産』しているものだった。

「本当！　私がデザインした意匠が、勝手に旗になって売られてる!!」

「確かに貴族家の紋章は公共性の高いものだけど……勝手に商品化して売るなんて許されないよ。一体誰があんなことを……」

そうして私と兄さまが、旗を持つ人々を見ていたときだった。

「あっ、あれっ！」

兄さまが窓の外を指差した。

その先を目で追う。

そして、

「「あーーっ!!」」

二人して叫んだ。

それは小さな露店だった。

が、店の前には人、ひと、ヒト。なんと長蛇の列ができている。

その先頭の人々は、笑顔で旗を買ってゆく。

そして露店に立ち、三人がかりで旗を売り捌《さば》いていたのは――

「ジャック！　ローランドさん！　それにおばさんも⁉」

売り子をしているのは、私がよく知る三人。

よくよく見れば、列整理をしているのはヤンキー君と凸さん凹さんで、ダンカン工房長とおじいちゃんズがそれを近くで見守っている、という構図だった。

王都工房総出である。

「みんな、一体何やってるの⁉」

思わず叫ぶ私。

傍らの兄が、はあ、とため息を吐《つ》いた。

「でもまあ、これで犯人が分かったね」

ギギギ……と、後ろを振り返る兄さまと私。

「父上？」「お父さま？」

「な、なんだろうか？」

目を逸らす父。

「何勝手なことしてるんですかーー⁉」

馬車の中に、兄さまと私の怒声が響き渡った。

お父さまに二人でたっぷりお説教しているうちに、馬車はいつの間にか王城の門をくぐっていた。

「——という訳です。お父さま。もう私に関わる話を勝手に進めないでくださいね？　そんなことをしてると口をきいてあげませんからねっ！」

「わ、悪かった。今後はちゃんとお前に相談するようにする」

「父上。事前に相談しても、レティが首を縦に振らないことは絶対にやったらだめですよ」

くぎを刺すお兄さま。

「ああ、ああ。分かってる。——だから機嫌を直してくれないか」

ぷりぷりする私に、おろおろするお父さま。

私は、はあ、とため息を吐いた。

「分かりました。今回だけは赦します。——さあ、お城に着きましたよ」

私はそう言って、苦笑まじりで父に微笑んだのだった。


謁見の間には、既に多くの貴族たちが集まっていた。

「「おお……」」

新たにホールに入場した私たちを見た人々が、俄《にわか》にざわついた。

うん。さすがにもう驚くまい。

私への関心の高さは、お城に来るまでに十分に思い知った。

そんな中、

「ヒューバート、こっちだ」

聞き覚えのある声に振り返ると、グレアム兄さまが制服姿で手を振っていた。

「兄貴！」「グレアム兄さまっ」

久しぶりに顔を見る上の兄。

グレアム兄さまはこの二ヶ月というもの、容疑者の取り調べや調査、裁判の立ち会いなど、王城襲撃事件に関わる業務に忙殺されていた。

元々オウルアイズのお屋敷を出て暮らしていることもあって、なかなか私たちに会いに来ることができなかったのだ。

「いよいよだな、レティ。俺も兄として鼻が高いよ」

そう言って微笑むグレアム兄さま。

「お兄さまこそ。先日、正式に新騎士団の副団長に就任されたと伺いました。私も妹として鼻が高いです。おめでとうございます！」

「ありがとう。まあ、俺のは人員不足の結果だよ。第一が馬鹿やってくれたおかげでこの有り様さ」

グレアム兄さまは苦笑して首をすくめる。

兄の言葉は半分謙遜で、半分は事実だろう。

一ヶ月前。元老院でこの国の治安と国防に関わる非常に重要な議案が議決された。

第一騎士団が解体されることになったのだ。

王城襲撃事件の際、王と城を守るべき第一騎士団が誰ひとりとして現場におらず全く役に立たなかったこと。

さらに、少なくない数の騎士の出身家門が襲撃事件に関わっていたこと。

アルヴィンの凶行の際に公正な対処を行わず、同僚である第二騎士団の騎士や、あろうことか被害者である私たちに剣を向けたこと。

父によれば『もはや論じるまでもない』という雰囲気だったらしい。

見た目以外良いところが全くない組織だったし、未来の記憶を含め、私にとっては嫌な思い出しかない人たちだったので、解体が決まったときには正直ほっとした。

とはいえ、二つある騎士団の一つがなくなれば、もう一つの方もそのままという訳にはいかない。

第一騎士団の解体と同時に、第二騎士団が母体となり『統合騎士団』が発足。ジェラルド王子とグレアム兄さまがそろって団長と副団長に就任した。

殿下はともかく、兄は家格と年齢を考えれば大出世と言える。

これも王城襲撃時の対応と、事後の捜査の実績を買われてのことだ。

「まあ、俺のことはいいさ。今日の主役はレティだろ」

そう言って微笑むグレアム兄。

「あの、お父さまも陞爵《しょうしゃく》されるんですが……」

オウルアイズ伯爵家は、父と兄の活躍により今回侯爵に陞爵することが決まっていた。

が、兄は笑って首を横に振る。

「伯爵家の陛爵なんて、我が国初の女性当主の誕生に比べれば大したことないさ。ねえ、父上」

「そうだな。今日の叙爵式でレティの爵位授与は一番最後に設定されている。――これは今日爵位を与えられる者の中で『レティが最も重要だ』という、陛下から皆への意思表示だ」

うん、うん、と頷く父。

「そして、世間はあらためてレティの可憐さに心を奪われるだろう」

「ちょっと、お父さま！　さっき『やめてください』と言ったばかりですよね⁉」

「あ、ああ。すまんすまん。今のはナシだ」

慌てて取り消すお父さま。

いや、もう近くの人たちの耳に入ってるし。

なんなら、クスクス笑われてるしっ！

「もうっ」

私が頬を膨らませていると、ヒュー兄が口を開いた。

「ほら、そろそろ始まるよ。それじゃあ二人ともしっかりね！」

「ここから応援してるよ」

そう声をかけてくれるヒュー兄とグレアム兄。

「はいっ。行ってきます！」

そんな二人に、私は笑顔で頷いた。

4

私たちが叙爵対象者の立ち位置——最前列に整列して間もなく、侍従による先触れがあった。

バラバラに立ち話をしていた人々が、それぞれ決められた立ち位置に向かう。

私は隣の父にひそひそと囁《ささや》いた。

「それにしても、爵位を受けられる方がこんなにたくさんおられるのですね」

私と父の隣にずらりと並んだ叙爵対象者。その多くが中年から初老の男性だ。

その中にあって、唯一の女性、唯一の未成年が私。

他の対象者たちからの、なんだか温かい（？）娘か孫でも見るような視線を感じる。

注目されることは覚悟してきたけれど、なんだか居心地が悪い。

父はそんな私を見て微笑んだ。

「皆、第二騎士団に息子を派遣している家門の当主たちだよ。今回の事件でかなりの数の爵位剥奪者が出たから、功績があった騎士の出身家門を陞爵し、平民出身の騎士を貴族として叙爵することで少しでも穴埋めしようということだな」

「ああ、そういうことなのですね」

ようするに彼らにとって私は『息子の命の恩人』ということか。

——嫌われるよりは良いけれど、なんだか気恥ずかしい。

私は半歩下がり、そっと父の陰に隠れたのだった。

それから間もなく。

王族用通路から、今やよく知る顔の男性が姿を現した。

侍従が声を上げる。

「ハイエルランド王、コンラート二世陛下の御成りである！」

ホールにいた全員が、一斉に立礼した。

陛下が玉座につく。

「一同、顔を上げよ」

聞き慣れた陛下の声に、皆が顔を上げた。

今日の陛下は正装だ。

豪奢な服、華やかなマント。頭上に輝く王冠――略式ではなく正式なものを見るのは、この人生では初めてになる。

私が、ほへー、と陛下を見上げていると、陛下がちらりとこちらを見た。

目が合う。

陛下はしばらく私の姿を観察すると、ふっと笑って前に向き直った。

（？）

なんか、ちょっとだけ引っかかる笑み。

あの笑顔は昔どこかで見たことがある気がする。

悪戯《いたずら》を企む男子のような――？

だが私の引っかかりは、陛下の話が始まったためにすぐにうやむやになった。

「本日こうして新たな仲間を叙爵し、陞爵できることは、まことに喜ばしい。それは彼らがその爵位に見合うだけの功績をもって、我がハイエルランドの民に報いた結果であるからだ」

陛下は『国』とは言わず『民』と言った。

おそらくこの場に平民出身者がいることを意識したのだろうが、陛下のその心遣いは確かに私の心に届いた。当事者であればなおのことだろう。

「先般残念なことに、これとは真逆とも言える行為を行った者たちがいた。彼らの家門のこれまでの貢献を否定するものではないが、貴族という出自に溺れ、本来果たすべき義務を怠り、仲間を裏切った行為は、到底容認することはできない。この場にいる諸君が彼らの過《あやま》ちから学び、二度と間違うことがないよう期待する」

「「はっ！」」

謁見の間に響き渡る臣下たちの声。

決してそろってはいなかったが、ホールにこだまするその声は、私の心を痺れさせた。

「それでは早速、授与を始めよう」

陛下の言葉に、今回進行を命じられた中立派の侯爵が、あとを引き継いだ。

爵位の授与と陞爵は、下位の爵位から始まった。

新たに十名を超える騎士爵が誕生し、ほぼ同数の男爵が誕生する。

続いて子爵、伯爵への陞爵が行われ、やがて父の番がやってきた。

「オウルアイズ伯爵、ブラッド・エインズワース卿、前へ」

進行役の侯爵の言葉に、すっと進み出るお父さま。

力まず、でも颯爽と叙爵の場に向かうその姿に、我が父ながら見惚れてしまう。

そう。最近は忘れがちだったけれど、ちゃんとしていれば格好良いのだ、私の父は。

お父さまが陛下の前で立礼し顔を上げると、陛下は深く頷き、傍らの侍従から書状を受け取って読み始めた。

「オウルアイズ伯爵、ブラッド・エインズワース。我が国存亡の危機に際し、率先して主君を守った貴君と息女、また真実を明らかにすることに尽力した子息の献身は何ものにも変え難《がた》い。よってその功績の大なるを認め、貴君の持つ伯爵位を侯爵へと陞爵。王家が所有するグラシメント地方の西半分を領地として下賜《かし》するものとする」

(『「おお……！」』)

ホールがざわめく。

西部のグラシメント地方は、王国最大の穀倉地帯だ。

広々とした平野になだらかな丘と森。そこを流れる二本の緩やかな川。まさに『王国の食料庫』と言って差し支えない、この国で最も豊かな土地。

そして——ブランディシュカ公国が度々奪取を目論んできた、国境を擁する半係争地でもある。

「オウルアイズ侯」

「はっ」

陛下に呼びかけられたお父さまが、短く返事を返す。

「グラシメント西部の下賜については、辞退してもよい。だが、儂はそなたに託したいのだ。受け取るのであれば最長三年間の国軍派遣を認めよう。どうするかはこの場で決めよ」

「！」

息を呑《の》む父。

これは、陛下からのメッセージだ。

『この国の食料庫を、命運を預ける。だから命を賭して守りぬいてみせよ』と。

貴族派家門の多くが爵位を剥奪され、第一騎士団が解体された今、王国の軍事力は半減している。

統合騎士団は発足したばかりで人員確保が目下の課題。

今日、騎士爵、男爵に叙爵された家門も、自前の騎士団や領兵隊を整えるには相当な時間がかかるはずだ。

こんな状況でもし公国が侵攻してきたらどうなるか。

公国に竜操士がどの程度残っているかは分からないが、先日逃げおおせた一騎だけでも、とてつもない脅威となる。

だからこそ、父に……『私《レティシア》』という切り札があるエインズワース家に、グラシメント西部を託そうというのだろう。

まるで王国の『決戦兵器』のように見られることに思うところがないわけではないけれど、陛下とて必死なのだ。

国を守るために。

そんな土地を預けると言われた父は、果たしてどんな返事をするのか。

ソワソワしながら見ていると、父は静かに一礼した。

「陛下の大恩に感謝し、そのご期待に沿うことをお約束いたします」

きっぱりと、そう言い切った。

再びホール中がざわめく。だがそれは、父に対する尊敬のざわめき。

父の言葉に陛下は何度も頷いた。

「そうか。引き受けてくれるか」

そうして父は、我が国でもっとも力のある貴族家の当主となって帰ってきた。

私に向かって頷くお父さま。

そして、今日最後の叙爵者の名が呼ばれた。

5

「オウルアイズ侯爵家長女、レティシア・エインズワース嬢。前へ」

「はい！」

私は、陛下の前に進み出ると、カーテシーで礼をした。

（「「ほう……」」）

何か、全方位から温かい視線を感じる。

さっきより視線の数が増えている気がするのは、気のせいだろうか？

気恥ずかしさを振り払って陛下を見上げると、陛下もまた好好爺《こうこうや》のような顔で私を見ていた。

（もうっ）

私が顔を顰《しか》めると、陛下は「ごほんっ」とわざとらしく咳払いをして、侍従から書状を受け取った。

「オウルアイズ侯爵家長女、レティシア・エインズワース。現エインズワース男爵である父親のブラッド・エインズワースの指名により、戦時特別叙爵勅許状の規定に基づき、同男爵位をレティシア令嬢に継承するものとする」

「は。謹んでお受けいたします」

陛下の口上に一礼し、書状を受け取る。

我が国初の女性への叙爵は、そうしてなんともあっさりと終わったのだった。

私が再びカーテシーをして、父のもとに戻ろうとしたときだった。

「ああ、エインズワース女男爵よ。まだあるのだ」

後ろから陛下に呼び止められる。

「はい。なんでしょうか？」

私が首を傾げて陛下の前に戻ると、陛下は侍従からまた一枚書状を受け取りそれを読み始めた。

「エインズワース女男爵、レティシア・エインズワース。先の王城襲撃事件において、卿は自らの身を挺《てい》し、王と王子、さらにはここに臨席する多数の騎士たちの命を救った。その献身は何ものにも代え難く、またその功は、建国以来、類を見ないほどに大である。――そこで朕《ちん》はそなたの功績を讃え、卿が持つ男爵位を『子爵』に陞爵。さらに王家が所有するグラシメント地方の東半分を領地として下賜するものとする！」

読み終わり、書状ごしにチラッと私を見る陛下。

私はそんな陛下に、

「はいぃっ!?」

思わず、礼儀も忘れて聞き返した。

だけどその声は、より大きな声にかき消される。

「「おおおお!!」」

人々の歓声で、謁見の間が揺れる。

周りを見回した私の目に映ったのは、驚き、興奮する貴族たち。

(「まさか陞爵だけでなく、領地までお与えになるとは……！」)

(「だが陛下のお考えは正しい。あの幼い『女神』には、それに相応しい地位と権力が必要だ。――政争の具としないためにもな」)

(「なるほど、そういうことですか。それにしても、下賜されるのが父君の領地の隣というのがまた、にくい配慮ですな」)

(「左様、左様」)

……そんな声が聞こえてくる。

私は陛下を振り返った。

すっ、と目を逸らす陛下。

そうか、これか。

さっき目があったときの悪ガキのような笑顔は、これのことか！

「陛下？」

私の言葉に、びくっとした陛下は、しかしこちらを振り向かず、そのまま侍従から『もう一枚の』書状を受け取り――その書状で顔を隠しながら私にこう言った。

「実は、まだあるのだ」

「はい？」

「これは、元老院議員たちからの連名の請願書なのだが……レティシア君《ぎみ》は、戦爵で王が自由に叙爵できる爵位の上限を知っておるかね？」

ちらっ、と書状の陰からこちらを見る陛下。

「子爵位でございましょう？」

私が内心の不快感を押しとどめ努めて冷静な顔で答えると、陛下は首をすくめてボソリと言った。

「……そう。だからこれから儂がやることを恨まんで欲しい」

「はい？」

私が聞き返したときだった。

陛下は顔を上げ、声を張り上げた。

「諸君!!」

その声に、一瞬でざわめきが収まる。

「先ほど儂は、レティシア・エインズワース卿に子爵位を与えた。これは説明したように儂と王子、騎士たちを飛竜の襲撃から守った功によるものだ」

うん。それはさっき聞いた。

この上、陛下は一体何をするつもりなんだろう?

私が訝《いぶか》しむ前で、陛下は言葉を続ける。

「しかしながら、彼女の国への貢献がそれにとどまらないことは既に諸君も知っての通りだ。先の王城襲撃事件の裁判において罪人を追いつめる鍵となったのは、エインズワース卿が発明した魔力探知機であり、また彼女自身の証言であった。彼女の活躍がなければ、元公爵とその支持者たちの裏切り行為を暴くことはできなかったであろう」

何か、いやな予感が……

私が頬を引き攣らせていると、陛下が先ほどの書状を掲げてみせた。

「今ここに一通の請願書がある。この請願書は多数の元老院議員の連名で提出されており、彼女の活躍と処遇について文面でこう訴えておる。『我々はレティシア・エインズワース嬢に、その能力と貢献に相応しい地位を与えることを求めるものである』と」

陛下が会場を見まわす。

「幸《さいわ》いこの場には、元老院議員の過半数が出席している。先ほど議長にも是非を確認したが、今ここで臨時の議会を招集し議事に決をとることは差し支えないとのことであった」

え？

ちょっと、まさか!?

「諸君に問おう。レティシア・エインズワース卿を正式にハイエルランド王国の『伯爵』に叙することに、反対の者は挙手を。賛成の者は、ただ拍手をもって彼女の知恵と勇気を讃えよ!!」

陛下が叫んだ瞬間。

「おおおおおおおおおおおおおおおおおおおおおおおおおお！！！！！！！！」

会場に割れんばかりの拍手と歓声が響いた。

振り返ると、その場にいる誰もが拍手をしていた。

笑顔で私を見守る人々。

挙手で異議を示す者は、一人もいない。

あの強面《こわもて》の父が、手を叩きながら涙ぐんでいる。

二人の兄は誇らしげだ。

「……っ」

さすがにこんな状況で断れるほど、私の面《つら》の皮は厚くない。

要するに私は陛下に嵌められたのだ。

「陛下？」

恨めしげにコンラート王を振り返る。

「ま、まあ、待て。話は最後まで聞くものだ」

陛下は慌てたようにそう言うと、片手を挙げ再び声を張りあげた。

「静粛に！」

陛下のひと言で、ホールに溢れていた音が引いてゆく。

その場の熱気はそのままに。

「諸君の意思は確認できた。反対ゼロ、賛成多数により、朕はエインズワース卿を伯爵に叙することとする。——勅許状を」

陛下は持っていた書状を侍従に渡し、代わりに最後の書状を手に取った。

「エインズワース子爵、レティシア・エインズワース！」

「はい」

私は陛下に向き直る。

陛下は私の顔を見ると、書状を読み始めた。

「卿は外患誘致による我が国建国以来の危機に際し、その卓越した魔導技術を駆使し事件を解決に導いた。その功は言葉で表すことができないほど大きく、その献身は比べるものがないほどに尊い。そこで朕と元老院は、全会一致で卿を『伯爵』に叙することを決定した。——ただし！」

そこで大きく息を吸う。

「現エインズワース伯爵一代に限り、爵位に伴い発生する政治的義務の一切を免除し、卿自身と、卿が大切に思う者のためにその権利を行使することを認める。——願わくは、卿の技術が我が国の安全と発展に資することを望む」

勅許状を読み終えた陛下は、書状を私に差し出し、微笑んだ。

「こんなところでどうかな、伯爵？」

なるほど。

つまり私は、何者にも束縛されず好きなように生きていい。そのために爵位を利用しても構わない、と。

でも、できれば国の役に立つ発明をしてね、と。

そういうことか。

陛下は私との約束を、こういう形で果たしてくれた訳だ。

理解した私は苦笑する。

「陛下のご配慮に感謝し、謹んで拝領いたします」

書状を受け取った私がカーテシーで礼をすると、会場は再び歓声と拍手に包まれたのだった。

★

レティシアの伯爵位への陞爵が承認された直後。

数名の男女が謁見の間を飛び出した。

「くそっ、想定外だ」

走りながら男が吐き出す。

「そっちは手書きで見出しだけ直せばいいでしょ⁉　こっちは記事全部書き直しよ！　――間に合うかな」

横を走る女が頭を抱える。

「おい、廊下を走るな！」

「うるせえ！　急いでるんだ‼」

彼らは警備に立っていた顔見知りの騎士に叫び返すと、通路を全力で駆け抜ける。

そして――

「はあっ、はあっ」

「ぜえ、ぜえ」

馬車の待機場に着いた頃には、息切れして『歩くのが精一杯』という有り様になっていた。

と、車寄せに停められた馬車の前に立っていた若い女性が彼らに近づいてきた。

「あの、叙爵式で何かあったのですか？」

「何かもくそもねえっ。女男爵が、『女伯爵』になっちまったんだよ！」

尋ねる彼女に、男がぜえぜえ言いながら言葉を返す。

「女伯爵って…………えええええええええっ⁉」

女性の声が待機場に響き渡った。

★

「号外！　号外だあっっ!!　『女神』が伯爵になったぞおっっ!!」

新聞売りの少年が叫ぶと、王城の周辺に集まっていた人々が雄叫びをあげて彼に殺到した。

「「おおおおおおおおおおおおおおおお!!」」

飛ぶようにはけてゆく紙の束。

その記事は見出しの一部に二本線が引かれ、『男爵位』と印刷されていた部分が殴り書きで『伯爵位』と書き換えられていた。

ちなみに通りの向かい側で同様に号外を配っている少年の方は、『子爵位』が『伯爵位』に訂正されている。

もしものときに備え、二種類の紙面を用意していた新聞社。だがその思惑は見事に裏切られてしまった。

唯一の救いは、最初からどちらかの訂正を想定していたため、臨時出張所にある程度のペンと人員を配置していたことだろうか。

とはいえ、修正しなければならない枚数は想定の倍になってしまった訳だが。

「おい！　一枚よこせ」

「ひぃっ!?」

号外に群がる人波をかき分け、ヤンキー青年が旗売りの出店に戻って来る。

「おい、取ってきたぞ！」

彼が叫んだ瞬間、仲間たちがわっと集まってきた。

「おいおいおいおい……『伯爵』って、どういうことだ⁉」

工房長のダンカンが顔を引き攣らせると、横から記事を覗き込んだローランドが、

「えっ？　お嬢様は男爵になられるんじゃ……って、えええええええっ⁉」

目を丸くして驚嘆の声をあげる。

「あたしゃ驚かないね。なんせうちのお嬢様は『特別』だからさ！」

そう言ってなぜか胸を張るパートのおばさん。

隣の凸凹コンビは顔を見合わせた。

「王都に来てからは驚くことばかりです」

「お嬢様はいつも予想を超えられますよね、はい」

その後ろでは、三人の老職人たちが号泣していた。

「儂が生きとるうちに、こんな日が来ようとは……」

「生きててよかったのう」

「う、嬉しくて腰がはあああああっっ⁉」

もはや嬉し泣きなのか、腰が痛くて泣いているのか、本人にも分からない。

その様子を見ていたジャックは、ニヤリと片頬をあげて呟いた。

「なんか、まだまだ面白くなりそうだよな」

✶

叙爵式が終わり、レティシアと父、二人の兄が馬車の待機場に戻って来ると、先頭の馬車の前に立っていた女性が丁寧なカーテシーで四人を出迎えた。

「皆さま、お帰りなさいませ」

「アンナっ、どうしてここに!?」

レティが最愛の侍女に駆け寄り彼女の手をとると、侍女はにっこりと笑って言った。

「旦那様にお願いして、『レティシアさまの馬車』を最初にひく栄誉をいただいたのです」

「わ、私の馬車!?」

「はい。こちらが『エインズワース伯爵さま』の専用馬車です!」

そう言ってアンナは、自分の背後に停められた一台の馬車を指し示した。

「うそ……」

目を丸くするレティ。

オウルアイズ侯爵家のものに比べひと回り小さなそれは、花や小鳥など可愛い意匠がさりげなくちりばめられた馬車だった。

そしてもちろん、扉には彼女の紋章……ココとメルが描かれている。

「どうかな？　レティ」

いつの間にか彼女の隣に立っていた父親が、娘に尋ねる。

「私からの叙爵祝いだ。気に入ってくれると嬉しいんだが……」

ボソボソとそう呟く父親に、レティは大きく息を吸い──

「パパ、大好き‼」

父親の胸に飛び込んだのだった。

「さあ、レティ。そろそろ行かないと」

次兄のヒューバートの言葉に、父親から離れるレティシア。

「また後で会おう」

長兄グレアムに「はいっ！」と勢いよく頷くと、彼女は馬車の扉の前に立った。

「さあ、お乗りください。──私の伯爵さま」

そう言って扉を開けた侍女の手をとりレティシアが馬車に乗り込むと、アンナは扉を閉めて御者席に飛び乗った。

「それにしても、いつの間に御者の技術なんて身につけたの？」

レティが御者席に繋《つな》がる小窓を開けて尋ねると、彼女の侍女はドヤ顔でこう言った。

「色々規格外のレティシア様の侍女たるもの、このくらいできて当然ですっ」

「そんな、人を珍獣みたいに……」

「レティシア様は天才ですから。『そんな方をお支えできる人間になりたい』と思えば、なんだってできるんです。——さあ、お城の外で皆が待ってます。出しますよ！」
「うん。お願いね、アンナ」
「はっ！」と馬に鞭を入れるアンナ。
晴天の青空の下、馬車は城門に向かって走り出す。
二体のテディベアの旗を握り、彼女を待つ人々のところへ。
そして、工房の仲間たちが待つ場所へ。
——彼女と彼らの物語が、ここから始まる。

《第一部・了》

★⋆ あとがき ⋆★

この本を手に取っていただきありがとうございます。二八乃端月です。

本稿を書くにあたり「いつ頃から書き始めたっけ？」と文書ファイルの日付を調べてみたところ、なんと二〇二〇年の夏にまで遡ってしまいました。実に三年の構想・執筆期間を経て出版に漕ぎつけたことになります。自分でも驚きです。

今回あらためて昔の原稿を振り返ってみると、ボツ原稿の多さに圧倒されました。
・処刑された後そのまま一二歳に巻き戻り、父と兄たちに婚約拒否を伝えるストーリー。
・オウルアイズ領の屋敷で目覚め、王都への道で兄を喪う未来を変えるため領地の職人たちと協力して三日で迎撃用の魔導回路を組み上げてココとメルに組み込むストーリー。
・宮原美月が乙女ゲームの悪役令嬢であるレティに憑依転生するストーリー。
などなど。ざっと計算して、本書の半分ほどの原稿をボツにしてここまでたどり着いたことになります。どれだけ思い入れが強いんだか、と自分のことながら笑ってしまいました。


さて、内容について触れましょう。

本作は、一度目の人生で何者かの罠で一族ごと殺されてしまった少女が、二度目の人生で家族を守るため知恵と技術を駆使して強大な敵と戦うお話です。

あれ、魔導具づくりどこに行ったの？　と思われた方。ご安心ください。

二巻では新たな出会いを得たレティが、いよいよ本格的に様々な魔導具の開発を進めてまいります。

そして、新たな事件も……。

と、ここまで読んで気づかれた方もおられるでしょう。そうです。なんと本作は既に二巻の刊行が決定しております！　これを書いている時点でまだ一巻の原稿も脱稿していないのに!!（白目）

さらにはコミカライズの連載も着々と準備を進めていただいております！

レティが漫画の中で、話し、歩き、空を飛ぶ。もう楽しみすぎて鼻血を噴きそうです！

……すみません。興奮で理性が飛びました。本作の今後の展開にぜひご期待ください。

最後に、本作のためにご尽力いただいた皆様に感謝を。

二八乃のイメージと完全一致する超絶可憐なレティのイラストで本作を彩ってくださったYOHAKU様。我が儘な著者の希望に応え全力で本作に向き合ってくださっている担当編集のF様。コミカライズの準備にご協力いただいている皆様。本作の出版を決めていただいた（株）パルプライドと、（株）一二三書房の皆様。そして、二八乃を一番近くで支えてくれている、妻と子供たち。

皆さんのおかげで本作を世に送り出すことができました。本当にありがとうございます。

それではまた、二巻でお会いしましょう。

二八乃端月

元農大女子には悪役令嬢はムリです！
早田結
ill. 桶乃かもく
婚約破談から始まる
何も知らない転生リケジョと
ヘタ惚れ残念王子の
溺愛ロマンスファンタジー！
2巻発売中！
©Yuu Hayata
Motonodaijoshi niwa akuyakureijo wa muridesu!

幼女無双
～仲間に裏切られた召喚師、魔族の幼女になって
【英霊召喚】で溺愛スローライフを送る～
presented by
yocco
にもし
1～2巻好評発売中！
幼女になったけど…
英霊召喚で
無双しちゃう!!
魔族の四天王や家族に溺愛されるスローライフ開幕！
©yocco

やり直し公女の魔導革命 1
～処刑された悪役令嬢は滅びる家門を立てなおす～

発　行
2023年6月15日　初版発行

著　者
二八乃端月

発行人
山崎　篤

発行・発売
株式会社一二三書房
〒101-0003　東京都千代田区一ツ橋2-4-3 光文恒産ビル
03-3265-1881

編集協力
株式会社パルプライド

印　刷
中央精版印刷株式会社

作品の感想、ファンレターをお待ちしております。
〒101-0003　東京都千代田区一ツ橋2-4-3 光文恒産ビル
株式会社一二三書房
二八乃端月先生／YOHAKU先生

Printed in Japan, ISBN 978-4-89199-981-0 C0093
※本書は小説投稿サイト「小説家になろう」（https://syosetu.com/）に
掲載された作品を加筆修正し書籍化したものです。